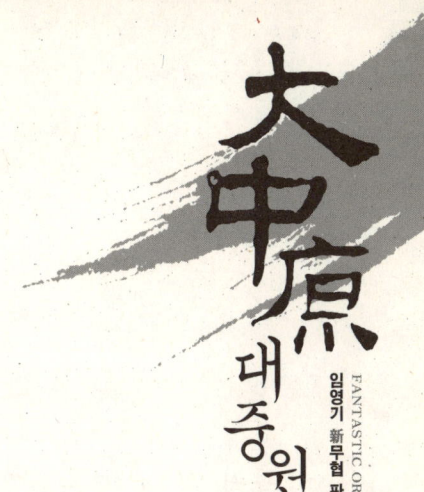

大中原
대중원
임영기 新무협 판타지 소설
FANTASTIC ORIENTAL HEROES

대중원 7

임영기 新무협 판타지 소설

초판 1쇄 찍은 날 § 2011년 6월 3일
초판 1쇄 펴낸 날 § 2011년 6월 10일

지은이 § 임영기
펴낸이 § 서경석

총괄팀장 § 유경화
편집 § 주소영

펴낸곳 § 도서출판 청어람
등록번호 § 제1081-1-89호
등록일자 § 1999. 5. 31
어람번호 § 제2-2102호

주소 § 경기도 부천시 원미구 심곡2동 163-2 서경B/D 3F (우) 420-822
전화 § 032-656-4452 팩스 § 032-656-4453
http://www.chungeoram.com
E-mail § chungeoram@chungeoram.com

ISBN 978-89-251-2533-6 04810
ISBN 978-89-251-2440-7 (세트)

대중원

임영기 新무협 판타지 소설

FANTASTIC ORIENTAL HEROES

大中原

[완결]

7 절대정의(絶對正義)

도서출판 청어람

目次

第七十章
일그러진 우정

大中原

진검룡은 십육두각 오층 처마 끝에 내려섰다.

지금 그의 발아래에서 벌어지고 있는 광경은 그로서도 처음 보는 것이다.

콰아아―!

삼만여 명이 만든 백여 개의 대첩차진이 삼천이백 명의 천의사대와 충돌하여 격렬한 싸움을 벌이고 있는 광경이 한눈에 내려다보였다.

두 번째 격돌에서의 총신계 무사들은 처음처럼 맥없이 무너지지는 않았다. 순전히 대첩차진 덕분이다.

백 명이 세 겹의 길쭉한 원을 형성하여 오른쪽 혹은 왼쪽 한쪽 방향으로 느리거나 빠르게 회전하면서 한꺼번에 똑같은 동작으로 도검을 휘두르는 것은, 혼자보다 대여섯 배 이상의 위력을 발휘했다.

일말의 실수도 없이 마치 한 사람이 도검을 휘두르는 듯한 그런 동작은 총신계 무사들이 꽤 오랜 동안 함께 수련을 했기에 가능한 동작이었다.

그런 대첨차진 백여 개가 한꺼번에 돌진하니까 천의사대라고 해도 흔들릴 수밖에 없었다.

그것은 진검룡으로서도 예상하지 못했던 일이다. 실전에서 발도산검파의 검진들이 위력을 발휘할 것이라고 예상은 했으나 천의사대를 상대로 이 정도일 줄은 몰랐었다.

두 번째 격돌이 시작된 지 얼마 지나지 않아서 천의사대 쪽에서도 죽는 사람이 나왔다.

물론 천의사대 고수 한 명을 죽이기까지는 총신계 무사 여러 명의 희생이 뒤따랐다.

그러나 총신계 무사들이 무적으로 군림하는 천의사대 고수를 죽일 수 있다는 사실은 매우 큰 의미가 있는 것이다.

처음에 백 명이던 대첨차진은 점점 수가 줄어들었다.

천의사대는 대첨차진을 깨려고 전력을 다했다. 그들도 대첨차진의 위력을 실감하기 때문이다. 또한 그것을 깨지 않고는 천의사대 쪽의 피해가 무시할 수 없을 정도가 되어가고 있었기 때문이다.

하지만 백여 개의 대첨차진은 물러서지 않고 더욱 맹렬하게 돌진하여 좌충우돌하면서 천의사대를 흩뜨려 놓는데 어느 정도 성공했다.

백여 개의 대첨차진들은 천의사대 속으로 파고들어 곳곳에서 싸우고 있는데 워낙 덩치가 크다 보니까 빠른 방향 전환이라던가 대응을 제대로 하지 못했다.

그때 누군가 악을 쓰듯이 외쳤다.

"십산개진(十散開陣)!"

진검룡이 쳐다보니 강무교였다. 그는 총신계 삼인자인 내신계령의 지위면서도 직접 대첨차진의 일원이 되어 선두에서 싸우며 지휘를 하고 있었다.

강무교의 명령은 참으로 시기적절했다. 백여 개의 대첨차진으로 천의사대를 흩뜨려 놓았고 또 깊숙이 진입했으므로 지금은 검진을 변형해야만 하는 순간이다.

그 상황에서는 십산개진이야말로 최적의 방법이다. 십산개진은 열 명으로 한 명의 적을 합공하는 것이다.

그렇다고 해서 무작정 공격하는 것은 아니다. 십산개진 역시 하나의 소검진(小劍陣)으로 열 명이 흩어져서 합공하는 것보다 몇 배의 위력을 발휘한다.

총신계 삼만여 무사가 십산개진을 형성하면 도합 삼천 개가 된다. 즉, 천의사대 거의 대부분을 공격할 수 있는 것이다.

만약 총신계 무사들이 적들의 정체가 천의사대라는 사실

을 알게 되면 두려움에 빠질 수도 있다.

지금 그들은 적이 누군지 모르기 때문에 용맹하게 싸우고 있는 것이다.

양쪽의 싸움이 더욱 치열해지고 있는데도 진검룡은 여전히 어떻게 해야 하는지 결정을 내리지 못하고 있었다.

그가 갈피를 못 잡을 정도로 천의사대의 급습은 충격적이었던 것이다.

그렇다고 해서 즉흥적으로 섣불리 결정을 내리면 돌이킬 수 없는 결과를 초래할 수도 있다.

그가 갈등하고 있는 동안에 싸움은 더욱 격렬하게 진행되고 있었다.

피아간에 죽고 다치는 사람들이 속출했다. 물론 총신계 무사들이 더 많이 죽고 다쳤다.

그런데 싸움의 양상이 조금씩 달라지고 있었다. 뜻밖에도 천의사대 고수들이 힘겨워하고 있었다.

십산개진이 먹혀든 것인가? 아니다. 발도산검파다. 거대한 무리와 무리끼리 한데 뒤섞인 싸움에서는 발도산검파가 단연 우세하다.

그것이 먹히고 있는 것이다. 게다가 총신계 무사들은 십산개진을 발동하고 있다.

발도산검파와 십산개진 둘이 합쳐져서 가일층 위력을 발휘하고 있는 것이다.

그렇다고는 해도 총신계 무사들이 천의사대와 대등한 싸움을 하고 있다는 뜻은 아니다.

총신계 무사들이 여태까지처럼 속절없이 허무하게 죽어가는 것이 아니라 천의사대를 상당히 괴롭히고 있기는 하지만, 그래도 훨씬 더 많이 죽는 쪽은 총신계 무사들이었다.

발도산검파가 아무리 뛰어난 박투술이라고 해도, 총신계 무사들은 그것을 수련한 지 서너 달밖에 안 된 상황이고, 상대는 그야말로 무림 최강의 천의사대가 아닌가.

이대로 싸움이 계속된다면 총신계 무사들은 오래지 않아서 지치게 될 테고, 결국 천의사대의 승리로 끝날 것이다. 물론 천의사대도 상당한 피해를 입겠지만 총신계의 전멸에 비할 바는 아닐 터이다.

콰차차차창!

"흐아악!"

"크악!"

바야흐로 장내는 아비규환이다. 바깥에서 보면 누가 적이고 동료인지 모를 정도로 뒤엉켜 있다.

천의사대 중에는 청룡검수들만 발도산검파를 배웠다. 그들의 발도산검파는 최고 수준이다.

그런데 그때 진검룡의 눈에 이상한 광경이 들어왔다. 청룡검수들이 싸우지 않고 있었다.

이제 보니까 청룡검수들이 전력을 다하지 않고 있기 때문에 총신계 무사들의 대첨차진이 천의사대를 뚫을 수 있었던 것이다. 또한 지금 싸움의 양상이 팽팽한 것처럼 보이기도 하는 것이다.

청룡검수들은 총신계 무사들이 공격을 하면 방어만 할 뿐이지 적극적인 반격을 하고 있지 않았다.

그때 진검룡은 퍼뜩 정신을 차렸다. 청룡검대의 의도를 알아차린 것이다. 그리고 동시에 한 가지 생각이 떠올랐다.

"멈춰라―!"

순간 그는 다시 한 번 우렁찬 사자후를 터뜨렸다.

그로 인해서 치열했던 싸움이 한순간 뚝 멈추었다. 그리고 모두들 주위를 두리번거렸다.

"저기! 대주시다!"

그때 청룡검수 중 한 명이 오층 처마 끝에 서 있는 진검룡을 발견하고 그를 가리키며 크게 외쳤다.

그러자 모두의 시선이 진검룡에게 집중되면서 크게 놀라는 표정을 지었다.

"대주!"

"총위상!"

"청룡검대주!"

각기 다른 호칭이 큰 외침이 되어 터져 나왔다.

진검룡은 시간이 많지 않음을, 아니, 청룡검대에게 단 몇 마디밖에 할 수 없다는 사실을 알고 있다.

백호도대주 독고무헌과 현무창대주 연풍은 진검룡이 말을 많이 하도록 내버려 두지 않을 것이기 때문이다.

"백호도대주와 현무창대주는 혈우맹사다!"

진검룡의 목소리가 우렁차게 울려 퍼졌다.

순간 천의사대 고수들이 크게 동요를 일으켰다. 그들은 두리번거리다가 누군가를 찾아내고 두 사람을 쳐다보았는데, 그 둘은 바로 독고무헌과 연풍이다.

천의사대라면 혈우당과 혈우맹사가 무엇인지 너무도 잘 알고 있다. 그런데 독고무헌과 연풍이 혈우맹사라니 놀라지 않을 수가 없다.

더구나 천의사대 고수들은 진검룡이 어떤 인물인지도 잘 알고 있다. 특히 그가 절대 거짓말을 하지 않는다는 사실은 너무도 유명하다.

진검룡의 외침이 빠르게 이어졌다.

"천의맹주도 혈우맹사고, 전대 맹주가 혈우당주다! 그들은 나를 혈우맹사로 포섭하려다가 실패하자 이곳으로 외천시킨 것이다!"

천의사대 고수들은 술렁거리면서 독고무헌과 연풍을 쳐다보았다.

순간 독고무헌과 연풍이 동시에 진검룡을 향해 쏘아 오르며 우렁차게 외쳤다.

"닥처라! 진검룡!"

"진검룡! 이간질을 할 셈이냐?"

그 순간 각기 다른 세 방향에서 청룡검대의 귀혼과 잔혼, 사혼 세 명이 번쩍 신형을 날려 독고무헌과 연풍을 향해 맹렬하게 검을 떨쳐 갔다.

진검룡이 외천된 이후 공석이 된 청룡검대주 자리를 부대주 중 한 명인 귀혼이 이어받았으며, 부대주는 잔혼과 사혼 두 명 체제로 갔었다.

과거 진검룡의 충성스런 심복이었던 그들 세 명이 독고무헌과 연풍을 제지하고 나선 것이다.

독고무헌과 연풍은 가볍게 흠칫했다. 귀혼과 잔혼, 사혼, 즉 청룡삼혼이 이렇게 나올 줄은 예상하지 못한 것이다.

제아무리 독고무헌과 연풍이지만 청룡삼혼의 역습을 무시할 수는 없다.

진검룡을 향해 쏘아가던 독고무헌과 연풍은 속도를 늦추면서 각기 도와 창을 휘둘러 반격에 나섰다.

한발 늦게 백호도대와 현무창대의 부대주들과 몇몇 고수가 청룡삼혼을 제지하려고 솟구쳤다.

휘익! 휙!

그러나 그들은 청룡삼혼에 이어서 솟아오른 수십 명의 청룡검수들에 의해서 차단당했다.

순간 진검룡의 눈이 번쩍 기광을 뿜어냈다. 솟구치던 독고무헌과 연풍이 청룡삼혼을 상대하려고 멈칫하면서 반격하고 있는 것을 포착한 것이다.

슈우우—

순간 진검룡의 두 발이 처마 끝을 박차면서 연풍을 향해 일직선으로 내리꽂혔다.

전력을 다한 경공이므로 흡사 한줄기 빛인 양 쾌속했으며 육안으로는 그의 모습이 보이지도 않았다.

또한 연풍은 진검룡이 자신을 향해 쏘아오고 있다는 사실을 알지 못했다.

승—

"……!"

진검룡의 의천검이 뽑히는 소리가 오른쪽 머리 위에서 들리자 연풍은 흠칫 놀랐다.

하지만 잔혼과 막 격돌하기 직전이었기 때문에 진검룡 쪽을 쳐다볼 수 없는 상황이었다.

천의사대 네 명의 대주 중에서는 진검룡의 무위가 단연 가장 고강하다.

아무리 그렇다고 해도 한두 초식만으로 승부를 내는 것은 불가능하다.

진검룡이 독고무헌을 꺾으려면 최소한 백여 초는 거뤄야 하며, 연풍은 오십여 초는 나누어야 한다.

하지만 지금은 연풍이 결정적인 허점을 보이고 있다. 그리고 진검룡은 단 일 초만으로 그를 죽이려고 한다.

연풍은 진검룡의 절친한 벗이기 때문에 방금 검이 뽑히는 소리가 의천검이라는 것, 즉 진검룡이 급습하고 있다는 사실을 간파했다.

피하거나 반격을 해야 할 절체절명의 순간에 그는 잔혼의 공격을 반격해야 하는지, 진검룡의 공격을 피해야 하는지 갈피를 잡지 못했다.

결국 마지막 순간에 그는 재빨리 진검룡 쪽을 쳐다보았다. 잔혼보다는 진검룡이 훨씬 더 고강하기 때문에 본능적인 반응이었다.

"……!"

키이—

그 순간 연풍은 두 눈을 크게 떴다. 진검룡은 어느새 일 장 반 거리까지 쇄도하면서 검을 찔러오고 있었다.

진검룡이 전개하고 있는 검법은 연풍도 익히 잘 알고 있는 절검문의 최고 절학 절륜신검이다.

연풍은 평상시라고 해도 진검룡이 전개하는 절륜신검을 막아내거나 피하려면 전력을 다해야만 가능하다.

그런데 지금 같은 상황에서는 더욱 그렇다. 더구나 진검룡은 전력으로 절륜신검을 전개하고 있었다.

그렇지만 가만히 있다가 당할 수는 없다. 그도 명색이 현무창대주가 아닌가.

또한 공력을 극한으로 끌어올린 상태였기 때문에 벼락같

이 진검룡을 향해 자신의 최고 창술을 전개했다.

쇄애애―!

과연 그는 현무창대주로서 추호도 손색이 없는 위력적인 공격을 전개했다.

진검룡의 공격에 대해서 자신도 강력한 공격으로 맞대응한 것이다. 가장 훌륭한 방어는 맞공격이다.

키이잇!

하지만 연풍의 상황은 너무 좋지 않았다. 진검룡은 연풍의 창을 피하지 않고 그대로 의천검을 찔러왔다. 먼저 찌르면 구태여 피할 필요가 없다고 판단한 것이다.

팍!

의천검 검첨이 연풍의 오른쪽 쇄골 부위를 찔렀다. 원래는 목을 겨냥했는데 마지막 순간에 그가 상체를 비틀었다.

삭!

다음 순간 잔혼의 검이 연풍의 옆구리를 베었다. 연풍이 잔혼보다 진검룡의 공격에 우선순위를 둔 대가다.

팟!

그때 연풍의 쇄골을 찔렀던 의천검을 슬쩍 거둔 진검룡이 재차 그의 목 한가운데를 깊이 찔렀다.

연풍의 목에서 한 방울의 피가 뿜어지더니 그 자리에 혈화흔이 맺혔다.

그것으로 한때 진검룡의 절친한 벗이었으며, 그에게 혈우맹사가 되기를 권했던 배신자 연풍은 죽었다.

천의사대 네 명의 절대자 중 한 명이 불과 한 호흡 만에 이승에서 저승으로 건너갔다.

그러나 진검룡은 연풍을 죽인 것으로 만족하지 않았다.

스웃—

연풍의 목에서 의천검이 뽑히기도 전에 그의 몸은 독고무헌을 향해 쏘아가고 있었다.

독고무헌은 연풍과 함께 진검룡을 급습하려다가 오히려 귀혼과 사혼 두 사람에게 합공을 당하고 있는 중이었다.

그런 상황에 진검룡이 왼쪽에서 수평으로 빛을 방불케 하는 속도로 쏘아오자 움찔 놀랐다.

쑤우우—

그 순간 독고무헌은 천근추의 수법으로 아래를 향해 뚝 떨어져 내렸다.

진검룡과의 싸움을 포기한 것이다. 잔혼과 사혼의 협공을 받고 있는 상황에서 진검룡과 싸우는 것은 자살행위나 다름이 없기 때문이다.

귀혼과 사혼도 거의 동시에 천근추의 수법으로 독고무헌의 양쪽에서 하강했으나 간발의 차이로 늦고 말았다.

독고무헌은 백호도대 한복판으로 하강했고, 귀혼과 사혼은 몸을 틀어 청룡검대 쪽으로 향했다.

독고무헌을 놓친 진검룡은 청룡검대 쪽으로 비스듬히 쏘

아 내렸다.

독고무헌에게 검기나 검강을 전개할 수도 있었으나 그 정도로는 그를 죽이거나 치명상을 입힐 수가 없다.

절정고수를 죽이는 가장 확실한 방법은 지척 거리에서 직접 검으로 찌르거나 베는 것이다.

"대주!"

"주군!"

진검룡이 땅에 내려서자 청룡삼혼과 청룡검수들이 우르르 그의 주위로 모여들며 반갑고도 감격 어린 표정으로 외쳤다.

그즈음 총신계 무사들은 천의사대에게서 물러나 바깥에서 겹겹이 포위망을 형성하고 있었다.

그때 주작편대주인 주작편신 소호(素昊)가 빠르게 진검룡 쪽으로 미끄러지듯이 다가오며 반갑게 외쳤다.

"검룡!"

"호매."

주작편신 소호와 진검룡은 좀 특이한 관계였다. 소호는 진검룡과 동갑이며 그와는 친구인 동시에 그를 열렬하게 연모했었다.

진검룡에게 백소운이라는 정혼녀가 있다는 사실을 알고 있으면서도 그를 짝사랑했었다.

아무리 연모해도, 그리고 세월이 흘러도 진검룡이 자신에게 마음을 주지 않을 것이라는 사실을 알면서도 짝사랑을 멈추지 못했다.

그런 것을 다 생각하고 또 계산했다면 그것은 사랑이 아니었을 터이다.

진검룡에게 향한 소호의 사랑은 그만큼 맹목적이면서도 순수한 것이었다.

소호가 진검룡 곁으로 오자 주작편대 구백여 명도 빠르게 그녀 쪽으로 몰려왔다.

청룡삼혼의 귀혼이 진검룡에게 공손히 허리를 굽히며 입을 열었다.

"주군, 속하와 잔혼, 사혼, 그리고 청룡검대는 처음부터 주군 편에 설 목적으로 왔습니다."

천의맹 낙양지부가 진검룡과 총신계를 공격해서 몰살시키라고 천의사대를 보냈는데 청룡삼혼과 청룡검대는 애당초 진검룡을 도울 목적으로 왔다는 것이다.

그래서 청룡검대는 총신계 무사들과의 싸움에서 방어만 했던 것이다. 과연 청룡삼혼과 청룡검수들의 진검룡에 대한 충성심은 지고했다.

이번에는 소호가 특유의 카랑카랑한 목소리로 말했다.

"나 역시 마찬가지야. 내가 어떻게 검룡 당신을 상대로 싸울 수가 있겠어. 그런데다 당신에게서 무헌과 연풍이 혈우맹사라는 말을 들으니까 이가 갈리는군. 우릴 감쪽같이 속였어, 두 놈이."

말하고 나서 그녀는 살기 어린 눈빛으로 독고무헌을 무섭게 쏘아보았다.

몸에 착 달라붙는 자의경장을 입고 있는 그녀는 늘씬하면서도 풍염한 몸매를 자랑하고 또 대단한 미모를 지녔다.

현무창대의 현무창수들은 죽은 연풍의 시신을 서둘러서 수습하고는 독고무헌 뒤에 서서 착잡한 표정으로 진검룡을 주시하고 있었다.

착잡한 표정이기는 백호도대의 백호도수들도 마찬가지다. 그들은 진검룡이 어떤 인물이고 또 얼마나 공명정대한 성격인지 잘 알기 때문에, 독고무헌과 연풍이 혈우맹사라는 말에 착잡함을 금치 못하고 있는 것이다.

"어떻게 된 일이오?"

천의사대를 포위하고 있는 총신계 무사들 전면에 나와 서 있는 단천뢰는 잔뜩 궁금한 표정을 지으며 진검룡 쪽을 주시하다가 옆에 서 있는 혜승에게 나직이 물었다.

혜승 역시 진검룡 쪽에서 시선을 떼지 않은 채 속삭이듯 대답했다.

"천의사대의 청룡검대와 주작편대가 우리 편에 서기로 한 것 같아요."

단천뢰는 기쁜 표정을 지었다.

"확실하오?"

"청룡검대는 진 시주에 대한 충성심 때문이고, 주작편대는 백호도대주와 현무창대주가 혈우맹사였다는 사실을 알게 되어 반목을 하게 된 것 같아요."

단천뢰는 기쁜 얼굴로 고개를 크게 끄덕였다.

"잘됐군. 정말 잘됐어."

어느덧 천의사대는 청룡검대와 주작편대 쪽과 백호도대와 현무창대 쪽 두 편으로 갈라졌다.

진검룡 좌우에는 청룡삼혼과 소호, 그리고 주작편대 세 명의 부대주가 당당하게 늘어섰다.

그리고 뒤에는 청룡검수와 주작편수(朱雀鞭手) 천팔백여 명이 늘어서 있다.

진검룡 정면 오 장 거리에는 독고무헌과 백호도대 세 명의 부대주, 그리고 현무창대 세 명의 부대주가 앞에 나와 서 있고, 뒤에는 백호도수와 현무창수 천팔백여 명이 집결하여 명령을 기다리고 있다.

팽팽한 긴장감이 흘렀다. 이런 상황이 되자 독고무헌은 공격 명령을 내리지 못하고 진검룡을 쏘아보며 입을 굳게 다물고 있었다.

진검룡의 마음은 착잡했다. 독고무헌은 누구보다도 절친한 벗이었기 때문이다.

그런데 취중에 독고무헌은 진검룡의 정혼녀인 백소운과 정사를 나누었다.

아무리 취중이라고 해도 그럴 수는 없는 일이다. 독고무헌은 진검룡의 절친한 벗이고, 백소운은 정혼녀가 아닌가. 그렇게 되려면 두 사람이 정사를 벌이기 이전에도 서로에게 마음이 끌리고 있어야만 가능한 일이다.

두 사람의 정사로 인하여 진검룡은 벗과 정혼녀를 동시에 잃었다.

하지만 이곳으로 외천되면서 앞으로 죽을 때까지 두 사람을 만날 일이 없을 것이라고 혼자 생각했던 진검룡이라서 마음 한편은 오히려 편했었다. 그러므로 두 사람의 배신이 그다지 신경 쓰이지는 않았다.

이윽고 진검룡이 나직한 목소리로 입을 열었다.

"무헌, 돌아가라."

독고무헌은 돌처럼 굳은 표정으로 뭔가 말하려는 듯 입술을 달싹거렸으나 끝내 입을 열지 않았다.

"무헌, 너는 누구보다도 정의로운 사람이 아니었느냐? 어째서 혈우맹사가 되어 악을 행하고 있는 것이냐?"

"검룡, 나는……."

독고무헌은 이번에는 입을 열었으나 말을 잇지 못했다. 다만 얼굴에 흐릿하게 괴로운 표정을 지었다.

"천의맹은 혈우당의 하수인으로 전락하여 이제는 정의를 행하지 못하는 조직이 되었다."

독고무헌뿐만 아니라 모두들 진검룡의 말을 듣고 있었다.

"지금이라도 늦지 않았다. 혈우당을 뛰쳐나와 새로운 삶을 살아라."

그때 진검룡의 귀에 독고무헌의 전음이 들렸다.

[검룡, 나는 맹주의 고혈제령술(苦穴制靈術)에 제압당했다.]

흠칫 놀라서 독고무헌을 뚫어지게 주시하는 진검룡의 귀에 독고무헌의 전음이 계속 울렸다.

[일 년 전, 맹주와 술을 마시다가 대취한 적이 있었는데 그때 고혈제령술에 제압당해서 강제로… 그녀와 관계를 맺었다. 나는 강간을 당한 것이다.]

진검룡은 너무 큰 충격을 받아 표정이 급변한 채 할 말을 잃고 말았다.

그는 독고무헌을 쏘아보았다. 독고무헌은 그의 시선을 피하려 하지 않고 착잡한 표정을 지으며 마주 쳐다보았다.

진검룡이 알고 있는 독고무헌은 표리부동하거나 위선 따위하고는 거리가 멀다.

그런 점에서 그는 진검룡하고 성격이 비슷하다. 그래서 두 사람은 급속도로 가까워졌으며 절친한 사이가 될 수 있었던 것이다.

독고무헌은 말을 하지 않을지언정 거짓말은 하지 않는다. 그러나 일단 말을 하면 절대 거짓말이 아니다. 그러므로 방금 그가 한 말은 사실일 것이다.

강간은 남자가 여자를 무력으로 욕을 보이는 것이 상식이지만 반대의 경우라고 해도 성립이 된다. 강간은 남자만 하는 것이 아니다.

진검룡의 귀에 독고무헌의 괴로운 듯한 전음이 전해졌다.

[혈우맹사가 된 것도… 그때 이후 맹주와 지속적으로 성관계를 맺은 것도 내 뜻이 아니다. 미안하다, 검룡…….]

진검룡의 짙은 검미가 꿈틀거렸다. 그는 처음으로 백소운에게 강한 분노를 느끼고 있었다.

예전에 그녀가 취중에 독고무헌과 어쩔 수 없이 정사를 했다고 고백했을 때에도 진검룡은 분노를 느끼지 않았었다. 오히려 자신의 잘못이라고 자책을 했었다.

그러나 그것조차도 거짓이었다. 백소운은 줄곧 독고무헌과 정사를 하면서도 진검룡에게 눈물을 흘리며 고백을 했었던 것이다.

고혈제령술은 오로지 진검룡의 사부, 아니, 혈우당주인 천추검제 유운학만이 알고 있는 고도의 점혈 수법이다.

이름 그대로 사람의 심지를 제압하는 수법이다. 고혈제령술에 제압되면 시술자가 풀어주지 않는 한 절대 풀 수 없으며, 시술자가 요구하는 것은 무슨 일이라도 할 수밖에 없다.

만약 명령에 따르지 않는다면 체내의 모든 혈맥이 사지(四肢)부터 빠르게 막히면서 몸을 움직일 수 없게 되고 끝내 죽음에 이르게 되기 때문이다.

진검룡은 유운학이 가르쳐 주지 않아서 고혈제령술을 배우지 않았다.

그런데 그의 사매인 백소운이 독고무헌에게 고혈제령술을 펼쳤다면 그녀는 예전부터 알고 있었다는 것이다. 과연 유운학은 그녀를 자신의 후계자로 정한 것이 분명했다.

진검룡이 알고 있는 백소운은 순수하고 정의로우며 유운학과 진검룡에게 맹목적일 만큼 헌신적이었다.

그런데 방금 독고무헌이 한 말이 진실이라면 그녀는 희대의 악녀, 아니, 마녀(魔女)가 분명하다.

진검룡은 독고무헌의 고혈제령술을 풀어주고 싶은 마음이 간절했으나 어떻게 해볼 방법이 없었다.

그는 착잡한 마음으로 독고무헌에게 전음을 보냈다.

[무헌, 돌아가라.]

[빈손으로 돌아가서 어쩌란 말인가?]

진검룡은 하기 어려운 말을 해야만 했다.

[그것은 네 운명이다. 너 스스로 해결해라.]

[나 스스로…….]

독고무헌은 총신계를 몰살시키고 진검룡을 제압해 오라는 명령을 백소운으로부터 받고 이곳에 왔다.

원래는 진검룡을 천의맹 낙양총부 청룡검대주로 복귀시키는 은혜를 베풀면서 더불어 혈우맹사가 되게 하려고 계획했었는데 그가 보천신계를 탄생시키는 바람에 어긋나 버리고 말았다.

진검룡은 독고무헌이 착잡한 표정을 짓는 것을 보면서도

양보할 마음이 추호도 없다.

지금 이 자리에서의 양보란 보천신계를 자진해서 해산시키는 것뿐인데, 절대로 그럴 수는 없는 일이었다.

바로 그때 모두의 머리 위에서 아름다운 옥음이 들려왔다.

"여러분은 지금 무엇을 하고 있는 것인가요?"

第七十一章
마녀(魔女)

大中原

아스라한 밤하늘에서 하나의 찬란한 별이 스르르 하강하고 있었다.

그것은 별이 아니라 한 명의 소녀였다. 일신에 눈부신 백의와 긴 치마를 입고 있으며, 마치 몸에서 발광(發光)을 하는 것처럼 은은한 빛이 흘러나와서 하나의 별처럼 보였다.

'소운.'

백의소녀를 발견한 진검룡은 가볍게 움찔했다.

그렇다. 그녀는 진검룡의 사매이며 정혼녀였고 또 천의맹주인 천의봉후 백소운이었다.

백소운은 눈이 부시도록 아름다웠다. 오죽하면 그녀를 보고 있는 총신계 무사들의 입에서 저절로 탄성이 흘러나오고 있겠는가.

그녀는 모든 사람들이 넋을 잃은 듯 지켜보고 있는 가운데 진검룡의 다섯 걸음 앞에 깃털처럼 가볍게 내려섰다.

"누… 구요? 저 아름다운 소녀는?"

단천뢰조차도 반쯤 정신이 나간 얼굴로 백소운을 보면서 중얼거렸다.

혜승은 씁쓸한 표정으로 조용히 대답했다.

"천의맹주 백소운이에요."

"아……."

"음……."

"그녀가……."

단천뢰는 탄성을 흘렸고, 그 옆에 서 있는 강무교, 고명 등은 무거운 신음을 흘렸다.

혜승의 말은 오래지 않아서 총신계 전 무사들에게 퍼져 나갔고, 그들은 호기심과 두려움이 섞인 복잡한 표정으로 백소운을 바라보았다.

백소운은 수많은 시선을 한 몸에 받으면서도 추호도 당황하거나 수줍어하는 기색이 없었다.

그녀는 진검룡을 그윽하게 바라보면서 반갑고도 기쁜 표정을 지었다.

"검룡 가가."

"소운."

"저 어린 계집아이는 누구지?"

경혼각 오층 노대(露臺:발코니)에 나와서 십육두각 쪽을 바라보고 있는 낭랑이 심드렁한 표정으로 물었다.

"글쎄……."

옆에 서 있는 부상쾌와 주소영은 고개를 모로 꼬았다.

주소영은 입술을 삐죽거렸다.

"난 은한이 제일 예쁜 줄 알았는데 그녀와 견줄 수 있을 만큼 예쁜 여자가 또 있다니……."

노대에는 부상쾌와 낭랑, 주소영이 나란히 서 있었는데 저 멀리 진검룡 앞에 마주 서 있는 백소운을 주시하고 있는 중이었다.

경혼각은 십육두각 뒤쪽에 있기 때문에 십육두각 앞쪽 광장은 이곳에서 보이지 않는다.

하지만 진검룡 등이 십육두각 오른쪽으로 많이 나와 있기 때문에 이쪽에서도 보이게 되었다.

"누구지? 조장하고 잘 아는 사이 같은데."

낭랑은 궁금해 죽겠다는 듯 목을 잔뜩 빼고 주시하면서 눈썹을 잔뜩 찌푸리며 중얼거렸다.

일단 유사시에는 가족을 경혼각 지하 석실로 대피시키라고 진검룡이 명령하면 경혼조원들은 지하 석실에서 나오지 말고 가족들을 지키고 있어야만 한다.

경혼각 지하 석실은 특별한 설계로 지어졌기 때문에 일층에서 지하로 내려가는 통로를 찾아내는 것이 하늘의 별을 따는 것만큼 불가능하다.

지하 석실은 인공 호수 바닥 아래쪽에 있다. 또한 외부로 통하는 지하 통로가 길게 이어져 있어서 위급한 상황에는 총신계를 탈출할 수도 있다.

지금 세 여자는 지하 석실에서 가족들을 보호하라는 진검룡의 명령을 어겼다.

밖의 상황이 어떻게 돌아가고 있는지, 진검룡은 무사한지가 너무 걱정이 돼서 지하 석실에만 웅크리고 있을 수 없었기 때문이다.

그때 십육두각 앞쪽에서 웅장한 함성이 터져 나왔다.

"맹주를 뵈옵니다―!"

그리고는 백소운 뒤쪽의 백호도수들과 현무창수들이 일제히 그녀를 향해 깊숙이 허리를 굽히는 광경이 이쪽 세 여자의 시야에 들어왔다.

"맹주라면… 천의맹주라는 거야?"

주소영이 크고 까만 눈을 더욱 크게 뜨며 놀랐다.

낭랑은 백소운을 쏘아보며 입술을 잘근잘근 씹으면서 중얼거렸다.

"저년이 조장을 버린 정혼녀로군."

"조장을 버려?"

주소영이 낭랑을 보며 무슨 말이냐는 듯한 표정을 지었다.

낭랑은 백소운에게서 시선을 떼지 않았다.

"천의맹주면서도 정혼자를 이런 벽촌으로 외천시켰으니까 버린 것이나 다름이 없는 거지."

"그건 그래."

백소운은 수하들이 예를 취하는데도 돌아보지 않고 오히려 진검룡을 향해 치맛자락을 끌면서 사뿐사뿐 걸어갔다.

"보고 싶었어요."

진검룡의 검미가 슬쩍 찌푸려지며 나직이 중얼거렸다.

"가까이 오지 마라."

그런데도 백소운은 걸음을 멈추지 않고 계속 걸어왔지만 진검룡은 어쩌지 못하고 가만히 있었다.

그녀하고의 깊고도 질긴 인연의 끈은 마음먹은 대로 단번에 끊어지지 않았다.

이윽고 백소운은 진검룡의 한 걸음 앞에 멈췄다. 하지만 거기서 끝나지 않았다.

그녀는 많은 사람들이 보고 있는데도 아랑곳하지 않고 두 팔을 뻗어 진검룡을 안으려고 하였다.

슥—

진검룡은 착잡한 표정을 지으면서 왼쪽으로 한 걸음 비켜서며 그녀를 피했다.

그러자 왼쪽에 있던 주작편신 소호가 자연스럽게 그의 뒤로 한 걸음 물러섰다.

"검룡 가가, 어째서……."

진검룡에게 안기지 못한 백소운은 안타까운 표정으로 그를 바라보았다.

진검룡은 몹시 복잡한 표정으로 그녀를 보며 뇌까리듯 입을 열었다.

"소운, 나는 다 알고 있다."

"무엇을 안단 말씀인가요?"

진검룡은 이런 상황이 싫었다. 백소운의 정체를 알고 있는데 그녀의 위선을 계속 들어야 하고, 자신이 그녀의 치부를 들춰내야만 하는 이 상황이 정말 싫었다.

"너는 무헌에게 고혈제령술을……."

"주군! 위험합니다!"

그 순간 진검룡 오른쪽에 있던 귀혼이 다급하게 외치면서 검을 치켜들며 몸을 날렸다.

순간 진검룡은 등 뒤에서 살기를 느꼈다. 평소 같았으면 진작 느꼈을 살기지만 백소운에게 신경을 쓰느라 소홀하고 말았다.

푹!

그가 몸을 돌리기도 전에 등 한복판이 뜨끔하면서 무언가 날카로운 것이 살과 뼈를 헤집고 들어왔다.

그는 힐끗 자신의 가슴을 굽어보았다.

투우…….

뾰족한 쇠붙이가 그의 피를 흠뻑 머금은 채 가슴으로 반 뼘 가량 튀어나왔다.

그의 뒤에서 한 자루 단검의 손잡이를 잡고 깊숙이 찌르고 있는 사람은 놀랍게도 소호였다. 그녀는 진검룡 뒤에 바짝 붙어 있었기 때문에 급습하는 것은 손바닥을 뒤집는 것보다 쉬웠다.

그녀는 검파까지 진검룡의 등 속으로 밀어 넣으려는 듯 더욱 힘을 주며 냉혹하게 중얼거렸다.

"내 정인 연풍의 복수다, 검룡."

사실 현무창신 연풍과 주작편신 소호는 진검룡이 외천되어 낙양총부를 떠난 이후 뜨거운 연인 사이가 되었다. 그러나 그것을 알 리 없는 진검룡이다.

쐐액!

그 순간 귀혼의 검이 소호의 머리를 쪼개어왔다.

소호는 즉시 진검룡의 등에서 단검을 뽑으려고 했으나 뜻을 이루지 못했다.

진검룡이 공력을 일으켜서 등에서 가슴으로 관통한 단검을 꽉 잡아버렸기 때문이다.

그저 단검을 놓고 피했으면 될 일인데, 소호는 미처 그 생각을 하지 못하고 단검을 뽑으려고만 했다.

팍!

그녀가 한발 늦게 단검을 놓고 다급하게 뒤로 물러나는 순

간 귀혼의 검이 그녀의 오른팔을 팔꿈치 부위에서 싹둑 잘라
버렸다.

"크으으……."

그리고 다음 순간 백소운이 진검룡을 향해 두 손목의 안쪽
을 붙이고 쌍장을 힘껏 밀어냈다.

번쩍!

백소운의 쌍장에서 시뻘건 붉은 광채가 섬광처럼 뿜어져
진검룡의 가슴 한복판에 고스란히 적중됐다.

쩌억!

"으악!"

진검룡의 입에서 이런 처절한 비명 소리가 터져 나온 것은
평생 처음 있는 일이다.

그는 가슴이 으깨어지는 듯한 충격을 받고 뒤쪽으로 화살
처럼 날아갔다.

"주군!"

"주군!"

청룡삼혼이 처절하게 울부짖으며 날아가는 진검룡을 향해
일제히 쏘아갔다.

귀혼이 다급하게 잔혼에게 전음으로 명령했다.

[잔혼, 어서 수하들을 해산시켜라.]

잔혼은 움찔 놀랐다. 그러나 귀혼의 말이 무슨 뜻인지 깨닫
고 즉시 몸을 틀어 왔던 방향으로 쏘아갔다.

백소운은 십여 장 너머로 아직도 날아가고 있는 진검룡을 바라보다가 조용히 입을 열었다.

"무헌 가가, 모두 죽여 버리세요."

그렇게 명령한 그녀의 얼굴은 여전히 순수한 아름다움으로 빛나고 있었다.

명령을 받은 독고무헌은 착잡한 표정을 지으며 진검룡을 바라보다가 시선을 거두고 짧고 우렁차게 명령했다.

"공격하라!"

"뭐, 뭐야? 저 두 년이 조장을……."

"조장이 당했어!"

경혼각 오층 노대의 세 여자는 방금 자신들의 눈앞에서 벌어진 일이 믿어지지 않았다.

"저 개년을……."

"멈춰."

분노한 낭랑이 몸을 돌려 계단으로 달려가려는 것을 부상쾌가 불러 세웠다.

부상쾌는 냉정한 표정으로 말했다.

"누구 한 사람이 지하 석실로 내려가서 모두를 대피시켜야 한다."

"대피시켜?"

주소영이 당황함과 의아함이 범벅된 얼굴로 물었다.

"방금 공격 명령이 내려졌는데 이 상황이 위험 상황이 아니라고 생각하는 거냐?"

부상쾌는 냉랭하게 말하고는 계단을 향해 달려갔다.

"어서 모두를 지하 통로로 대피시켜라."

부상쾌의 뒤를 낭랑이 씨근거리면서 바짝 따랐다.

혼자 남은 주소영은 따라가지도 못하고 발만 동동 구르다가 멀어지는 두 여자에게 소리쳤다.

"꼭 조장을 구해야 돼!"

귀혼은 진검룡이 땅에 떨어지기 전에 품에 받아 안고 계속 쏘아가면서 급히 그를 살펴보았다.

진검룡은 등과 가슴을 관통한 단검을 꽂은 채 입에서 꾸역꾸역 피를 흘리면서 의식이 가물가물한 상태였다.

단검에 찔린 것만으로도 중상인데 백소운이 지척에서 전력으로 발출한 쌍장을 정통으로 가슴에 적중당했으니 웬만한 절정고수라고 해도 즉사하고 말았을 것이다.

그때 진검룡이 눈을 뜨려고 애쓰면서 힘겹게 입을 열었다.

"귀혼……"

"말씀하십시오."

"칼을 뽑고 지혈을 해라……"

"잠시 후에 하겠습니다."

"지금… 해야 한다……"

그러나 귀혼은 멈추지 않고 계속 전력으로 쏘아가면서 입을 다물었다.

귀혼은 진검룡의 의도를 짐작하고 있다. 단검을 뽑고 지혈을 시켜주면 백소운이 있는 곳, 즉 지금 막 싸움이 벌어지기 시작한 곳으로 돌아가려는 것이다.

귀혼은 뒤돌아보지 않았으나 뒤쪽에서는 싸움이 시작된 소리가 요란하게 터져 나오고 있었다.

더구나 추격자들이 따라붙었다. 지금은 진검룡을 지혈하는 것보다 추격자들을 따돌리는 것이 우선이다.

귀혼이 봤을 때 진검룡은 매우 위중한 상태였다. 이 상태로 싸우러 가는 것은 자살행위나 다름이 없다. 한시바삐 안전한 곳을 찾아서 치료를 해야만 한다.

진검룡은 아무 말도 하지 않았다. 혼절했기 때문이다.

"귀혼, 맹주가 추격해 오고 있다."

그때 바짝 뒤따르고 있는 사혼의 다급한 목소리가 귀혼의 고막을 울렸다.

"이십여 장 뒤야. 맹주에게 따라잡히면 끝장이야."

사혼의 목소리가 더욱 초조해졌다.

십육두각이 끝나는 지점에 이르렀을 때 전각 모퉁이에서 부상쾌와 낭랑이 튀어나왔다.

그녀들은 귀혼이 안고 있는 진검룡을 발견하자 사색이 되어 외쳤다.

"조장!"

"주군!"

귀혼은 그녀들이 진검룡의 수하라고 직감하고 빠른 어조로 말했다.

"맹주가 쫓아오고 있다. 피할 곳이 있는가?"

부상쾌와 낭랑은 귀혼의 품에 안겨 있는 진검룡과 저만치 뒤쪽에서 엄청 빠른 속도로 쏘아오고 있는 백소운을 번갈아 쳐다보았다.

그리고는 즉시 전각 모퉁이 쪽으로 다시 달려가며 말했다.

"이쪽으로."

척!

사혼이 양팔로 부상쾌와 낭랑의 허리를 가볍게 안고 귀혼의 뒤를 따랐다. 두 여자의 경공이 사혼에 비해서 형편없었기 때문이다.

귀혼과 사혼은 인공 호수를 가로지르는 운교 위를 나는 듯이 쏘아갔다.

그들이 경혼각 입구를 칠팔 장쯤 남겨두었을 때 백소운은 십여 장까지 거리를 좁혔다. 이대로 간다면 경혼각에 들어가기 전에 덜미를 잡히고 말 것이다.

"귀혼! 주군을 부탁한다!"

그때 갑자기 사혼이 양팔에 안고 있던 부상쾌와 낭랑을 경혼각 입구를 향해 힘껏 던지면서 외쳤다.

귀혼이 힐끗 돌아보니 사혼은 쏘아오고 있는 백소운을 향해 돌아서서 어깨의 검을 뽑고 있었다.

사혼의 판단은 옳았다. 누군가 백소운을 한 호흡만이라도 붙잡고 있으면 된다. 그 막중하면서도 절박한 임무를 사혼이 자청한 것이다.

사혼은 자신이 희생해서라도 진검룡을 끝까지 보호하려는 것이다.

'사혼……'

귀혼은 예리한 칼로 가슴을 저미는 것처럼 괴로웠다. 청룡삼혼은 지난 몇 년 동안 한 몸처럼 절친했었다.

친한 것으로만 친다면 진검룡보다 청룡삼혼 서로의 친밀도가 더욱 강했다.

하지만 진검룡은 주군이다. 우정과 충성심은 다르다. 우정을 위해서, 그리고 주군을 위해서도 죽을 수 있지만, 우선순위를 따진다면 주군이 먼저다.

만약 사혼이 진검룡을 안고 있었다면, 지금 같은 상황에서 귀혼도 똑같은 행동을 취했을 것이다.

그러나 귀혼은 사혼을 오래 쳐다보고 있을 여유마저도 없다. 진검룡을 살리지 못한다면 그녀의 희생을 헛되이 하는 것이 되고 만다.

귀혼은 더욱 사력을 다해서 쏘아가 두 호흡 만에 경혼각 입구에 이르렀다.

픽!

"아악!"

그때 뒤쪽에서 가죽 북을 두드리는 듯한 둔탁한 음향과 사혼의 애끓는 비명 소리가 들렸다.

사혼이 백소운의 장력에 당한 것이라고 짐작했으나 귀혼은 돌아볼 여유가 없었다.

가슴이 갈가리 찢어지는 듯했으나 어금니를 힘껏 악물고 경혼각으로 쏘아 들어갔다.

백소운은 경혼각 안으로 쏘아 들어오자마자 재빨리 사방을 둘러보았다. 그러나 귀혼과 진검룡의 모습은 어디에서도 보이지 않았다.

그녀는 넓은 경혼각 일층 곳곳을 돌아다니면서 찾는 한편 청각을 극대화시켜서 기척을 감지하려고 했다.

하지만 어디에서도 귀혼 등의 모습은 없었고, 추호의 기척도 감지되지 않았다.

그녀의 얼굴에 소름 끼치는 싸늘한 표정이 떠올랐다.

"이것들이……."

그것은 진검룡이 익히 알고 있는 순수하고 청초한 백소운의 모습이 아니었다.

휘익!

순간 그녀는 이층으로 오르는 계단을 향해 신형을 날렸다.

지하 통로를 달려가고 있는 귀혼과 부상쾌, 낭랑은 입을 굳게 다물고 있었다.

앞서서 나란히 달리고 있는 부상쾌와 낭랑의 표정은 착잡하면서도 비장했다.

두 여자의 머릿속에는 조금 전에 사혼이 마지막으로 남긴 말이 생생하게 남아 있었다.

"귀혼! 주군을 부탁한다!"

그리고는 잠시 후에 그녀는 처절한 비명 소리만을 남긴 채 이승을 떠났다.

경혼조원 열다섯 명은 어느 누구라도 진검룡을 위해서라면 기꺼이 죽을 수 있었다.

하지만 지금까지는 다행스럽게도 그런 상황이 한 번도 닥치지 않았었다.

부상쾌와 낭랑은 사혼이 '귀혼' 이라고 부르는 순간 이들이 누군지 알게 되었다.

진검룡이 청룡검대주로 있을 때의 부대주인 청룡삼혼 중의 두 명이라고 판단했다.

청룡검신만큼은 아니지만 청룡삼혼도 무림에서 모르는 사람이 없을 정도로 유명한 존재들이다.

조금 전에 천의맹주가 진검룡에게 장력을 적중시켰을 때 이들이 그를 구한 것이 분명했다.

그리고 나머지 한 명인 잔혼은 십육두각 앞에 남아서 청룡 검수들을 이끌고 적들과 싸우고 있을 것이다.

청룡삼혼은 목숨을 걸고 주군인 진검룡을 구하고 또 지켜 내고 있는 것이다.

그런 모습을 보면서 부상쾌와 낭랑은 마음이 저절로 숙연 해지지 않을 수 없었다.

지하 통로는 총신계 동쪽 바깥 당랑천 강가로 이어져 있었다.

통로 끝 출구는 무성한 넝쿨로 가려져 있으며, 그곳을 나가 면 바로 당랑천이다.

부상쾌와 낭랑이 넝쿨을 헤치고 밖으로 나가자 강가 포구 에 정박해 있는 한 척의 배가 보였다.

그리 크지 않았으나 또한 작지도 않았다. 두 개의 돛과 이 층의 선실이 있어서 삼십여 명 정도는 넉넉하게 태울 정도의 크기였다.

배 아래 포구에는 주소영과 훈용강을 비롯한 경혼조원 모 두가 모여서 넝쿨 쪽의 출구를 보고 있다가 부상쾌와 낭랑 등 을 발견하고 마주 달려왔다.

"상쾌! 조장님은?"

"주군은 어떻게 하고 너희만 오는 거냐?"

가까이 달려온 그들은 그제야 두 여자의 뒤쪽에서 출구로 나오는 귀혼과 그가 안고 있는 진검룡을 발견하고 소스라치게 놀라 우르르 몰려들며 외쳤다.

"주군!"

"조장님!"

경혼조원들은 가슴 한복판에 칼날이 삐죽이 나와 있고, 입에서 피를 흘리면서 혼절해 있는 진검룡을 보고는 혼비백산해서 제정신이 아니었다.

"주군이 어떻게 된 것이냐?"

"이자는 누군데 조장님을 안고 있는 거야?"

"어서 조장님을 내려놔라!"

귀혼은 진검룡을 안은 채 엄한 표정으로 꾸짖었다.

"물러나라."

차차창!

어찌 된 영문인지 모르는 경혼조원들은 일제히 도검을 뽑으면서 귀혼에게 달려들었다.

그때 부상쾌가 급히 외쳤다.

"그는 청룡검대 청룡삼혼의 귀혼이다!"

경혼조원들은 공격을 멈추었지만 물러서지는 않고 여차하면 귀혼을 공격할 기세로 쏘아보았다.

"천의맹주가 주군을 이 지경으로 만들었다."

부상쾌가 피를 토하는 듯한 얼굴로 말하자 경혼조원들의 표정이 급변했다.

"천의맹주가……."

"그녀는 조장님의 정혼녀잖아. 그런데 왜……."

그때 귀혼이 안색이 창백하게 변한 진검룡을 굽어보며 초조하게 말했다.

"속히 주군을 치료하지 않으면 돌이킬 수 없는 일을 당하게 될 것이다."

경혼조원 모두 심장이 철렁 내려앉는 표정을 지었다.

훈용강이 앞으로 나서며 귀혼에게 물었다.

"어떻게 하면 되오?"

귀혼은 배를 쳐다보았다.

"저 배는?'

"가족들이 타고 있소."

"배를 출발시켜라. 내가 주군을 치료하겠다."

"알았소. 어서 이리로."

경혼조원들은 군말없이 일제히 배를 향해 달려갔다.

잠시 후 배는 두 개의 돛을 활짝 펼치고 당랑천 하류를 향해 빠르게 미끄러져 나갔다.

*   *   *

총신계가 멸망했다.

그곳에 있던 총신계 휘하 삼만여 무사들은 단 한 명도 살아

남지 못하고 전멸했다.

청룡검대는 백호도대와 주작편대, 현무창대 삼대에게 협공을 당하다가 육백여 명 이상이나 죽었고 채 삼백여 명이 못되는 인원만 간신히 총신계를 탈출했다.

이후 백호도대를 비롯한 천의삼대가 총신계 무사들을 무차별 공격하기 시작했다.

그런데 얼마 지나지 않아서 정체를 알 수 없는 괴고수(怪高手) 삼천 명이 총신계에 들이닥쳐 천의삼대와 힘을 합쳐 총신계 무사들을 도륙하기 시작했다.

청룡검대가 있었다면 괴고수들이 사용하는 무공을 보는 즉시 그들이 혈마련의 마도 고수라는 사실을 알아차렸겠지만, 총신계 무사들은 그들이 누군지 전혀 알지 못했다.

천의맹이, 아니, 혈우당이 총신계 무사들을 무차별 도륙하고 있을 때 운남성 포정사 연정도가 관병 만여 명을 이끌고 총신계로 들이닥쳤다.

총신계가 괴한들의 습격을 받아 위태로운 지경에 처했다는 보고를 받고 진검룡과 단천뢰를 돕기 위해서 곤명성 외곽에 주둔하고 있는 관병 만여 명을 모조리 이끌고 한달음에 달려온 것이다.

상식대로라면, 포정사가 관병을 이끌고 왔으면 싸움이 그 즉시 끝났어야 한다.

그러나 싸움은 끝나지 않았다. 아니, 오히려 백소운은 그들을 모두 죽이라고 명령했다.

아무리 용맹한 관병이라고 해도 천의삼대와 마도 고수들의 상대가 될 수는 없다.

결국 만여 명의 관병들은 총신계 무사 삼만여 명과 함께 속절없이 도륙을 당했다.

살아남은 사람은 아무도 없었다. 포정사 연정도와 단천뢰도 죽었으며, 강무교와 고명, 적설, 막화, 양곤 등도 그날의 참변을 벗어나지 못했다.

좌위상을 맡았던 아미파 장문인 혜승과 그녀의 사매들인 혜원, 한송은 물론이고, 아미승들도 모두 죽었다.

그날 밤의 참화로 아미파는 완전히 대가 끊어져 역사 속으로 사라졌다.

백소운은 사만여 구의 시체들을 십육두각과 몇 채의 전각 안에 몰아넣은 후에 불태우라고 명령했다.

오래지 않아서 얼마 전까지만 해도 살아서 숨 쉬던 사만여 명은 전각들과 함께 재가 되었다.

백소운과 천의삼대, 마도 고수들이 썰물처럼 물러간 후 총신계에는 사만여 개의 원혼들만 밤하늘에 떠돌아다닐 뿐 어떤 흔적도 남아 있지 않았다.

第七十二章
말조장

大中原

반년 후에 무림에서 혈마련과 사황벌이 멸망했다.

천의맹은 혈마련과 사황벌을 멸망시키고 무림 사상 최초로 천하무림을 일통시켰다.

바야흐로 천의맹 세상이 됐다. 무림인들은, 아니, 천하의 만백성들은 마침내 정의가 일어서고 태평성대가 찾아왔다면서 춤을 추며 기뻐 노래를 불렀다.

그러나 기쁨은 며칠 만에 끝나 버렸다. 천의맹이 마각(馬脚)을 드러낸 것이다.

아니, 천의맹은 겉으로 내보이는 허상일 뿐이었다. 그 속에는 실체인 혈우당이 괴물처럼 웅크리고 있었다. 혈우당이 날카로운 발톱을 드러낸 것이다.

천하무림을 일통한 혈우당은 마침내 무림을 자신들의 입맛에 맞게 마음대로 요리하기 시작했다.

혈우당은 '피의 비'를 원하는 자들이 모여서 만든 집단이다.

또한 혈우당의 강령은 '악인은 모두 죽인다'라는 것이다.

혈우당은 혈우령(血雨令)을 발동했다. 무림인 모두를 대악인과 중악인, 소악인으로 분류하고 닥치는 대로 잡아들이고 주살했다.

혈우령에 의하면 '대악인'은 삼족을 멸하고, '중악인'은 가족을 몰살시키며, '소악인'은 당사자나 소악을 저지르게 한 원인 제공자를 죽이는 것이다.

무림은 발칵 뒤집혔다. 유사 이래 이런 말도 안 되는 일은 없었다. 그리고 앞으로도 없을 터이다.

대악인, 중악인, 소악인, 즉 삼악인(三惡人)으로 분류된 무림인들은 천의맹의 가면을 쓴 혈우당에 피눈물을 흘리면서 애원도 하고 반항도 해봤지만 돌아오는 것은 가차없는 죽음뿐이었다.

예전 혈마련과 사황벌의 잔당들은 물론 마도인과 사파인 거의 전부 삼악인의 범주에 속해서 체포령이 내려졌으며, 정파에서도 절반 이상에게 혈우령이 발령되었다.

혈우당의 목표는 무림 자체를 말살시키는 것이었다. 무림

전체를 비질하듯이 깨끗이 쓸어낸 다음에 그곳에 자신들이 새로운 신무림을 세우려는 것이다.

무림의 기본 질서는 '자유'라는 단단한 틀 위에서 세워져야 하는데 혈우당은 그것을 완전히 무시해 버렸다.

현재 사라져 가고 있는 무림도 자유가 없지만, 장차 혈우당에 의해서 세워질 무림은 더더욱 자유를 말살시킬 것이다.

그렇다면 그것은 더 이상 무림이 아니다. 돼지나 소를 기르듯이 무림인들을 '사육'하는 것일 뿐이다.

즉, '사육무림(飼育武林)'인 것이다.

*   *   *

총신계가 멸망하고 나서 일 년 후.

운남성 강천현 성운호(星雲湖) 호변에 위치한 거대한 은색의 성 은성(銀城).

이곳은 은한 공주, 단은한의 개인 소유의 성이다. 아니, 은성뿐만 아니라 강천현 거의 전부가 단은한 소유라고 해도 과언이 아니다.

은성의 주인 은한 공주는 일 년 전쯤에 홀연히 은성으로 혼자서 돌아왔다.

이후 그녀는 자신의 거처인 은한궁(銀漢宮)에 틀어박혀 일 년 동안 단 한 차례도 밖으로 나오지 않았다.

은한궁은 오 층의 대전각으로, 지하에 이십여 개의 크고 작은 비밀 석실들이 갖추어져 있다.

그곳 은한궁 지하 석실에서 지난 일 년여 동안 열여섯 명의 괴인물이 살고 있다는 사실은 은한 공주의 최측근 몇 명만이 알고 있는 극비 사실이다.

지하 석실 중에서 가장 큰 석실에 열여섯 명이 모여 있다.

그들은 지난 일 년여 동안 이곳 지하 석실에서 살아온 괴인물들이다.

"이제 때가 됐다."

일렬로 늘어서 있는 열다섯 명 앞에 그들을 마주 보고 혼자서 있는 한 사내가 나직한 어조로 입을 열었다.

후리후리한 키에 약간 마른 듯한 체구, 칠흑 같은 흑의경장을 입었으며 머리카락을 단정하게 빗어 이마에 영웅건은 묶었다.

또한 짙은 눈썹과 그 아래 슬픈 듯 깊게 가라앉은 두 눈, 그리고 약간 움푹 꺼진 뺨과 강파른 광대뼈, 메마르고 까칠한 입술, 며칠 동안 깎지 않은 듯한 덥수룩한 수염, 전체적으로 강인하면서도 무심한 모습이다.

그는 바로 진검룡이다. 예전의 그의 과묵하면서도 강인한 성격이었는데 지금의 그를 보고 있으면 깊은 바다 속 심연 같은 느낌이 든다.

진검룡의 말에 늘어서 있는 열다섯 명 경혼조원의 얼굴에 기대와 흥분, 그리고 비장함이 떠올랐다.

진검룡을 비롯한 경혼조원 열다섯 명은 지난 일 년여 동안 오늘만을 기다려 왔다.

일 년여 전에 진검룡은 주작편신 소호에게 단검으로 가슴을 관통당했으며, 직후에 백소운이 전력으로 전개한 쌍장에 적중되어 갈비뼈와 내장이 완전히 박살 나는 엄중한 중상을 입었었다.

순간의 방심이었다. 아니, 주작편신 소호를 믿었던 탓이다. 그녀를 조금만 더 경계했더라면 총신계는 멸망하지 않았을지도 모른다.

총신계 경혼각 지하의 비밀 통로를 통해서 빠져나온 진검룡과 경혼조원, 가족, 귀혼 등을 태운 배는 당랑천을 타고 하류로 향하다가 안녕현(安寧縣) 인근에서 멈추었다.

일행은 그곳에서 배를 버리고 여러 대의 마차로 갈아탄 후 곧장 남쪽으로 달려서 강천현에 도착하여 은밀하게 은성으로 들어왔었다.

그곳까지 오는 동안 귀혼은 배에서, 그리고 마차에서 잠시도 쉬지 않고 혼신의 힘을 쏟아 진검룡을 치료했다.

그럼에도 불구하고 진검룡의 상태가 워낙 위중했기 때문에 상태는 조금도 호전되지 않았다.

이후 은성에 도착하여 귀혼과 은성에 상주하는 두 명의 의

원이 거의 보름 동안 치료에 매달려서야 진검룡은 간신히 혼절에서 깨어났고 상태가 조금 호전되었다.

하지만 진검룡이 의식을 회복했다는 사실이 중요했다. 그는 의술에 탁월한 재주를 지니고 있으므로, 그때부터는 그가 직접 운공조식을 하면서 내상을 치료했고, 동시에 두 명의 의원이 단검에 관통된 상처와 으스러진 갈비뼈 치료를 병행했었다.

그렇게 해서도 그는 상처를 입은 날로부터 이십여 일이 지나서야 조금씩이나마 움직일 수 있게 되었다.

그 이십여 일 동안 그는 세 차례나 피를 토했었다. 총신계가 멸망했다는 사실이 너무나도 충격적이고 또 그 분노를 이기지 못하고 각혈을 한 것이다.

단왕 단천뢰와 포정사 연정도, 아미 장문인 혜승과 그녀의 사매들, 강무교, 고명, 적설, 막화, 양곤, 그리고 그 외에 진검룡 하나를 믿고 모여들어 뜻을 함께했던 삼만여 무사들과 아무런 죄 없는 만여 명 관병들의 처참한 죽음은 진검룡을 깊이를 알 수 없는 자책의 늪으로 빠져들게 만들었다.

그리고 그 헤아릴 길 없이 거대한 자책과 절망은 오래지 않아서 백소운과 혈우당에게로 향한 걷잡을 수 없는 분노로 변했다.

마침내 진검룡은 자신의 손으로 백소운을 죽이고 혈우당을 괴멸시키겠다고 결심했다.

경혼조원 열다섯 명은 한 명도 예외없이 진검룡과 생사를 함께하겠다면서 힘을 실어주었다.

귀혼은 총신계에서 탈출하여 살아남은 이백팔십칠 명의 청룡검수들과 연락이 닿았다.

사혼은 진검룡을 구하려다가 백소운에게 죽임을 당했고, 잔혼은 청룡검수들을 탈출시키려고 선두에서 천의삼대의 포위망을 뚫다가 장렬하게 죽었다.

청룡검대의 생존자는 귀혼을 포함하여 이백팔십팔 명이다.

원래 진검룡을 따르겠다는 일념으로 총신계로 달려왔던 그들이지만, 진검룡과 함께 복수를 하겠다고 다시 한 번 충성을 약속했다.

그들은 청룡검대라는 이름을 버리고 경혼검대(驚魂劍隊)라는 이름으로 새롭게 태어났다.

그리고는 은성의 호위무사로 신분을 바꾸고 지난 일 년여 동안 이곳에 웅크리고 있었다.

"우리는 내일 새벽에 이곳을 출발하여 북으로 향한다."

진검룡의 나직한 말이 이어졌다. 그가 경혼조원들에게 하는 말은 부드러우면서도 따스했다.

그의 내심은 단 두 가지로 나누어져 있었다. 백소운과 혈우당에 대한 복수심과 경혼조원, 경혼검대에 대한 지극한 애정이 그것이다.

이어서 진검룡은 경혼조원 열다섯 명의 얼굴을 한 사람씩 찬찬히 바라보고 난 후에 다시 말했다.

"우리는 어쩌면 혈우당을 괴멸시키지 못하는지도 모르고, 살아서 돌아오지 못할 가능성이 크다."

경혼조원 모두 그런 생각과 각오를 하고 있지만, 진검룡의 말을 들으니 새삼스러웠다.

진검룡은 애틋한 표정으로 경혼조원들을 보며 말했다.

"너희들 한 사람 한 사람이 내게는 더없이 소중하다. 그러므로 지금 이 자리가 물러날 수 있는 마지막 기회다. 너희 중에 누가 물러난다고 해도……."

"조장, 언제부터 그렇게 말이 많아졌어? 쓸데없는 소리 집어치우고 얼른 본론이나 말해."

진검룡의 말에 낭랑이 얼굴을 찌푸리며 불쑥 내뱉었다.

조원들은 다부진 표정을 지으면서 고개를 끄덕이며 한마디씩 했다.

"낭랑 말이 전적으로 맞습니다. 원래 우리는 진원분타에서부터 목숨이 하나로 이어져 있었으니까 조장님 말씀은 새삼스러운 것입니다."

"조장님, 우리 사이에 내 목숨 네 목숨이 어디에 있습니까? 그냥 한 목숨 아닙니까?"

"사부님이 계시지 않으면 저희는 죽은 목숨이나 마찬가지입니다."

"주군께선 도대체 언제가 되어야지만 경혼조가 일심동체라는 사실을 깨달으실 겁니까?"

진검룡을 부르는 호칭도 변함이 없다. 무악과 미미, 주소영, 단은한은 '사부'라 부르고, 부상쾌와 훈용강은 '주군', 나머지는 여전히 '조장'이라고 불렀다.

세상이 아무리 변하고 세월이 흘렀어도 진검룡은 변함없는 경혼조장이고 이들 열다섯 명은 경혼조원인 것이다.

진검룡은 빙그레 미소 지으며 고개를 끄덕였다.

"알았다. 그만하마."

이어서 푸근한 표정으로 말을 이었다.

"오늘은 푹 쉬어라. 무엇을 해도 좋다. 단, 내일 새벽 인시(4시)에 출발하는 데 지장이 없도록 해라."

"가족이 없는데다 할 일이 없는 사람은 무공 연마를 해도 됩니까?"

조제가 공손히 묻자 사도풍이 핀잔을 주었다.

"일 년 내내 지하 석실에 틀어박혀서 잠자는 시간 빼놓고 무공 연마를 했으면서 너는 지겹지도 않으냐?"

조제는 어이없다는 표정을 지었다.

"그럼 너는 무공 연마가 지겹다는 것이냐?"

사도풍은 어깨를 으쓱하면서 히죽 웃었다.

"아니, 나도 가족이 없고 할 일도 없으니까 너하고 무공 수련이나 할 거다."

"나도 끼워줘."

"나도."

이곳에 가족이 없는 장관웅과 동풍, 증혜 등이 조제에게로 모여들었다.

진검룡은 지난 일 년여 동안 자신이 할 수 있는 모든 방법을 총동원하여 경혼조원들에게 무공을 가르쳤다.

그 덕분에 경혼조원들은 발도산검파뿐만 아니라 진검룡이 알고 있는 절검문의 절학들을 고루 익히게 되었다.

진검룡의 가르침과 경혼조원들의 배우려는 열성은 상상을 초월하는 것이었다.

또한 가르치는 방법과 여러 무공을 익히는 방법 역시 타의 추종을 불허할 정도로 기발하면서도 기가 질릴 정도로 혹독한 것이었다.

스승이 뛰어나면 제자들도 뛰어날 수밖에 없다는 것은 만고불변의 진리다.

그러나 '뛰어남' 이란 보편적인 한계를 초월해 버리면 두 가지 결과가 나타난다.

극복하는 제자는 초월자(超越者)가 될 테지만, 포기하는 제자는 그저 '뛰어남' 에 머물러야만 한다.

그런데 경혼조원 열다섯 명은 단 한 명의 낙오자도 없이 진검룡의 가혹한 무공 연마 과정을 무사히 마쳤다.

그렇게 하여 열다섯 명의 초월자가 탄생한 것이다. 이들은 아직도 경혼조의 조원들이지만, 실로 무시무시한 조원들인 것이다.

그러나 비약적인 무공 발전을 보인 사람은 경혼조원들만이 아니었다.

경혼조원들이 목숨을 내놓고 무공 연마를 할 때 진검룡 역시 쉬고 있지 않았다.

그는 과거의 사문 절검문의 절학들을 두루 연마하여 모두 더 이상 오를 수 없는 경지까지 이르렀다.

하지만 그것뿐만이 아니다. 그는 절검문 절학들의 장점만을 추리고 집대성하여 필생의 역작인 초절무공(超絶武功) 하나를 만들어냈으며, 그것 역시 십이성까지 대성했다.

그렇다고 해서 진검룡과 경혼조원들만 눈부시게 발전한 것이 아니다.

청룡검대에서 경혼검대로 이름을 바꾼 이백팔십팔 명도 절검문의 절학들을 배웠다.

그들은 열 명 단위로 진검룡이 있는 은한궁 지하 석실로 찾아와서 그에게 직접 가르침을 받았다.

진검룡은 경혼조원이나 경혼검수들에게 가르침을 소홀히 하거나 무공을 아끼지 않았다. 그들이 능력이 닿기만 하면 무엇이든 가르쳤다.

다만 은한궁 지하 석실에서 경혼조원들과 함께 생활하는 시간이 많다 보니까 그들을 더 집중적으로 가르쳤다는 것이

다를 뿐이다.

경혼조원 몇 명은 일 년여 만에 지하 석실에서 나와 은한궁 오층에서 술을 마시고 있었다.

훈용강과 와평, 주록 등은 가족을 만나러 갔다. 가족들은 모두 이곳 은한궁 삼층과 사층에 나누어서 살고 있었다. 워낙 큰 전각이고 단은한이 추호도 불편하지 않게끔 조치를 취했으므로 가족들은 황족이 부럽지 않은 풍족함을 누렸다.

단지 같은 전각 위층과 지하 석실에 따로 떨어져 살면서 지난 일 년여 동안 한 달에 한 번씩만 가족들을 만날 수밖에 없었다는 불편함이 있었다.

무공 연마에 방해가 되기 때문이다. 진검룡이 가족을 만나지 못하게 한 것이 아니라 경혼조원들 스스로 마음을 다잡고 그런 결정을 내렸었다.

은한궁 지하 석실에서의 마지막 날에도 가족이 없는 조제와 동풍, 사도풍, 증혜 등은 지하 석실에서 내처 무공 연마에 몰두해 있었다.

지금 이곳에서 술을 마시고 있는 조원은 모두 여자이며, 낭랑과 주소영, 부상쾌, 단은한, 고선이다. 여자 중에서는 미미만 빠졌다.

낭랑과 주소영은 가족이 바로 한 층 아래인 사층에 있는데도 만나지 않고 이곳 오층으로 올라와서 술을 마시고 있었다.

벌써 한 시진이 지나고 여러 개의 술병을 비웠는데도 다섯 여자는 별다른 말 없이 묵묵히 술만 마시고 있었다. 더구나 술도 취하지 않고 맹숭맹숭한 얼굴들이다.

달그락… 쨍강.

술병과 잔이 부딪치는 소리만 들릴 뿐 다섯 여자는 활짝 열어놓은 창밖의 먼 곳을 바라보거나 고개를 숙인 채 깊은 생각에 잠겨 있었다.

그때 제일 먼저 심각한 표정을 지으면서 말문을 연 사람은 주소영이다.

"우리는 죽게 되겠지?"

하지만 아무도 대답하지 않았다. 생사를 초월한 상태라서 죽음이 두렵지 않기 때문이다. 그래서 주소영의 말이 새삼스럽지도 않았다.

주소영이 다시 독백처럼 중얼거렸다.

"죽는 것은 두렵지 않은데… 한 가지 아쉬운 것이 있어서 죽어서도 눈을 감지 못할 것 같아."

그 말에 비로소 네 여자가 주소영을 바라보았다.

주소영은 그녀들의 시선을 아랑곳하지 않고 계속 중얼거렸다.

"사랑하는 사람에게 사랑을 받지 못하고 죽는다는 것이 계속 마음에 걸려. 그러면 죽어서도 처녀귀신이 될 거야."

그러자 네 여자는 똑같이 씁쓸한 표정을 지었다. 그랬다가 주소영을 비롯한 모두의 표정이 같다는 것을 발견하고는 피식 쓴웃음을 지었다.

낭랑이 잔을 들어서 술을 입안에 쏟듯이 들이붓고 나서 투덜거렸다.

"까놓고 말해서 죽기 전에 조장하고 한 번 해보고 싶다, 그거잖아?"

"뭘 해?"

남녀 관계에는 어두운 주소영이 되물었고, 마찬가지인 다른 여자들도 낭랑을 쳐다보았다.

"조장하고 자고 싶다는 말이야."

주소영은 시무룩한 표정을 지었다.

"나는 사부님하고 셀 수도 없을 정도로 많이 자봤어."

쿵!

"이런 밥통이 대체 뭘 한다고……. 잔다는 것은 몸을 섞는다는 뜻이야. 몸을 섞는 게 뭐냐고? 정사야, 정사. 그래도 몰라? 너희들 옥문에 조장의 음경을 쑥 집어넣는 거 말이야. 이제 알아듣겠어?"

낭랑은 주먹을 뻗어 주소영의 머리를 한 대 쥐어박고 나서 왼손 엄지손가락하고 검지를 이어서 동그랗게 만들고는 오른손 검지를 곧게 펴서 그 구멍을 힘껏 팍팍 쑤시는 시늉을 하며 열변을 토했다.

순간 네 여자는 움찔 몸을 떨었다. 낭랑의 말과 행동에 마치 자신들의 옥문에 진검룡의 음경이 삽입되는 듯한 착각을 느낀 것이다.

"쯧쯧. 이런 숙맥들 하곤."

낭랑은 어쩔 수 없다는 듯 혀를 차고는 아무도 몰래 살짝 얼굴을 붉혔다.

어쨌든 다섯 여자는 자신들의 간절한 마음이 모두 똑같다는 사실을 확인했다.

부상쾌는 착잡한 표정으로 중얼거렸다.

"기회는 오늘뿐이야."

"그래. 내일 새벽에 여길 떠나면 기회가 없어. 언제 죽을지 모르니까."

고선이 고개를 끄덕이며 간절한 표정을 지었다.

작년보다 더 아름다워지고 또 육체적으로 성숙해진 단은한이 고개를 살래살래 가로저었다.

"하지만 사부님에겐 이미 옥청 사모님이 계시잖아요. 그러니까 불가능해요."

고개를 가로저으니까 경혼조의 여자들 중에서는 가장 크고 풍만한 그녀의 젖가슴이 출렁거렸다.

고선이 가볍게 코웃음을 쳤다.

"흥! 조장이 청 언니하고 정식으로 혼인한 것도 아닌데 무슨 상관이야?"

"게다가 이건 죽으러 가기 전에 마지막으로 정을 나누는 것뿐이니까 청 언니라고 해서 무조건 반대하면 못 써. 청 언니가 그렇게 나온다면 우리 모두 힘을 합쳐서 맞서야만 해!"

낭랑의 말에 모두들 고개를 끄덕이며 맞장구를 쳤다.

"그래, 맞아."

"청 언니는 그동안 조장하고 열 번도 더 했을 텐데 하루쯤 양보해도 괜찮아."

"나는 괜찮아요."

뜻밖에도 다소곳이 앉은 옥청이 선선하게 동의하자 낭랑과 부상쾌 등 다섯 여자는 눈을 동그랗게 뜨고 놀라면서도 기쁜 표정을 지었다.

"그게 정말이에요, 청 언니?"

방금 전에 자신들의 뜻을 대표로 옥청에게 전했던 낭랑이 숨도 쉬지 않고 급히 물었다.

옥청은 한차례 가만히 숨을 들이쉬고 나서 손으로 지그시 가슴을 누르며 차분하게 대답했다.

"검랑과 나는 혼인을 하고 정식으로 부부가 된 사이가 아니에요. 설혹 그렇다고 해도 검랑처럼 훌륭한 분을 나 혼자 독차지한다는 것은 과욕이라고 생각해요."

다섯 여자는 옥청이 설마 이렇게까지 말할 줄은 몰랐기에 충격과 감격 어린 표정으로 그녀를 바라보았다.

옥청은 잠시 숨을 고르고 나서 말을 이었다.

"더구나 나는 당신들이 얼마나 검랑을 사랑하고 아끼고 있는지 잘 알고 있어요. 또한 검랑도 당신들을 무척이나 사랑하고 있어요."

"정… 말이에요?"

"설마 그 깐깐한 조장이 우리를……."

낭랑과 고선은 불신 어린 표정을 지었다.

옥청은 빙그레 미소 지었다.

"만약 우리 중에 어느 한 사람만 있었다면 검랑은 필경 그녀와 깊은 사이가 됐을 거예요. 나는 여러분보다 운이 조금 더 좋았을 뿐이에요."

모두들 씁쓸한 표정을 짓는데 주소영만 다른 표정을 지었다.

낭랑이 주소영을 보며 눈을 세모꼴로 만들었다.

"소영이 너, 지금 무슨 생각하고 있는 거야? 설마 우리 모두를 죽이고 싶은 것은 아니겠지?"

주소영은 작은 두 주먹을 꼭 움켜쥐고 모두를 한 사람씩 둘러보면서 진심 어린 표정으로 말했다.

"응. 사부님을 내 남자로 만들 수만 있다면 모두 죽여 버리고 싶어."

빡!

"캑!"

주소영의 말이 끝나자마자 낭랑이 뒤통수를 후려치자 그

녀는 앞으로 엎어졌다.

언제나 거침이 없고 당당한 낭랑이 벌떡 일어나더니 옥청에게 단도직입적으로 말했다.

"그렇다면 청 언니가 우릴 도와주세요."

"어떻게 도울까요?"

"이따가 우리가 조장의 방으로 찾아갈 테니까 청 언니는 자리를 피해주세요."

"알겠어요."

낭랑은 가볍게 당황한 듯 손을 저었다.

"아니, 그렇다고 그냥 자리를 피하지는 마세요. 청 언니도 한 달 만에 조장을 보는 것일 테니까 한 번은 해야죠."

옥청은 의아한 표정을 지었다.

"뭘… 해요?"

낭랑은 이거 왜 이러냐는 듯이 한숨을 폭 쉬고 나서는 어깨를 쫙 펴고 거침없이 설명했다.

"조장하고 자는 것 말이에요. 자는 거 몰라요? 몸을 섞는 거죠. 그게 뭐냐고요? 정사요, 정사. 그래도 모르겠어요? 청 언니 옥문에 조장의 음경을 쑥 집어넣는…….."

빡!

"끅!"

참다못한 부상쾌가 주먹으로 냅다 낭랑의 뒤통수를 때렸다.

"청 언니, 그런데 말이에요……."

가만히 있던 고선이 옥청을 바라보면서 매우 조심스럽게 입을 열었다.

"말해보세요."

"청 언니가 먼저 조장님하고 하고 나면… 조장님이 기운이 빠져서 우리하고 하지 못하는 거 아닐까요? 보통 남자들은 하룻밤에 한 번 정도 한다는데……."

그것은 매우 중요한 내용이라서 모두들 눈을 빛내며 옥청을 주시했다.

옥청은 엷은 미소를 지었다.

"걱정하지 말아요. 검랑은 하룻밤에 열 번까지도 끄떡없이 할 수 있어요."

네 여자가 안도의 한숨을 내쉬는 반면에 낭랑은 눈을 동그랗게 크게 뜨고 놀라워했다.

"그것은… 청 언니가 검랑하고 하룻밤에 열 번씩이나 해봤다는 말이잖아요?"

"……."

옥청은 얼굴이 노을처럼 빨개져서 아무 말도 하지 못하고 고개를 푹 숙였다.

"그러고도 괜찮았어요?"

옥청은 부끄러워서 죽을 것 같은 표정으로 간신히 고개를 들다가 낭랑이 자신의 하체 옥문 부위를 빤히 주시하고 있는 것을 발견하고 어쩔 줄을 몰라 했다.

낭랑은 자신의 팔소매를 걷고는 맨 팔뚝을 쑥 내밀면서 불끈불끈 힘을 주며 굉장한 것이라도 발견한 아이처럼 설레발치며 입에서 침을 튀겼다.

"조장 음경은 이것보다 더 길고 훨씬 굵어."

고선이 눈을 커다랗게 뜨고 중얼거렸다.

"그럼 조장 음경은 말만큼 크구나."

"말보다 크면 컸지 작지는 않아."

그러자 다른 네 여자도 일제히 옥청의 옥문 부위를 주시하면서 눈을 휘둥그렇게 떴다.

이를테면 낭랑의 팔뚝, 아니, 말의 음경보다 길고 굵은 것에 찔리면서 열 차례 이상이나 정사를 했는데도 멀쩡한 옥청이 믿어지지 않는다는 표정이었다.

그래서 골병이 들었는지, 아니면 어디 반신불수라도 되지 않았는지 자세히 살펴보는 것이다.

옥청은 다섯 여자가 모두 필경 순결한 몸일 것이라고 추측했다.

그렇지 않고서야 어찌 커다랗고 굵은 음경에 찔리면 곤란하다는 생각을 하겠는가.

그래서 옥청은 이 사랑스럽지만 무지한 여자들에게 자신의 경험과 성 지식을 조금 나누어줄 필요를 느꼈다.

"들어봐요."

그렇게 말하지 않아도 다섯 여자는 옥청 주위로 몰려들어 잔뜩 귀를 기울이고 있는 중이었다.

"서로 사랑하는 남녀가 관계를… 그러니까 정사를 하면 무척 기분이 좋아져요."

"어떤 기분인데요?"

"그런 무지막지한 물건에 찔리는데 기분이 어째서 좋아지는 건가요?"

"그게 사랑의 오묘한 힘이에요."

이어서 옥청은 큰언니 같은 마음으로 왜 기분이 좋아지는지에 대해서 자세히 설명했다.

설명을 듣고서도 다섯 여자는 알 것도 같고 모를 것도 같다는 애매한 표정을 지었다.

"그런데 조장의 음경이 그렇게 큰 것은 문제 아닌가요?"

"전혀 문제가 아니에요."

"어째서죠?"

옥청은 얼굴을 붉혔다.

"사실은… 남자의 음경은 크면 클수록 좋은 거예요."

"크면 더 아프지 좋을 게 뭐가 있겠어요?"

"그렇지 않아요. 이것은 어떻게 설명하기가 그렇군요. 직접 겪어보는 수밖에."

다섯 여자는 갖가지 상상을 하면서 여러 가지 표정을 지으며 침묵을 지켰다.

그런데 유독 주소영만 몹시 불안한 표정으로 어쩔 줄 몰라 하다가 용기를 내서 옥청에게 물었다.

"청 언니, 나는… 나는 어때요?"

"뭐가 말인가요?"

"보다시피… 나는 다른 여자들에 비해서 키도 작고 몸도 여린 편인데… 괘, 괜찮을까요?"

그녀의 말에 모두들 퍼뜩 깨닫는 바가 있어서 그녀를, 아니, 그녀의 옥문 부위를 주시하며 걱정 어린 표정을 지었다.

주소영은 다른 여자들에 비해서 모든 것이 작았다. 키가 큰 부상쾌에 비해서는 키가 어깨에도 미치지 않았고, 날렵한 체구의 낭랑의 둔부보다 훨씬 작은 둔부를 지닌데다, 탐스러운 젖가슴을 지닌 부상쾌에 비해서는 절반도 안 되는 봉긋한 젖가슴을 지녔다.

모두들 나름대로 성숙하고 늘씬한 몸매를 지녔는데 주소영은 덜 자란 어린 소녀처럼 너무도 왜소한 체구를 지녔다.

그렇지만 그녀는 키가 작고 둔부와 젖가슴이 작아도 몸의 굴곡은 오히려 다른 여자들보다 더 뛰어났다. 그러나 그것은 그다지 위로가 되지 못했다.

낭랑이 주소영의 몸을 이리저리 살피더니 고개를 절레절레 가로저었다.

"소영이 넌 안 되겠다. 조장의 그 큰 것이 들어가면 넌… 가랑이가 찢어지고 만다."

주소영은 화도 내지 않았다. 그저 어깨를 축 늘어뜨리고 고개를 푹 숙인 채 꼼짝도 하지 않았다.

잠시 후에 그녀가 어깨를 들먹이면서 흐느껴 울기 시작하자 모두들 당황해서 그녀를 달래기 시작했다.

다섯 여자는 그날 밤에 보무도 당당하게 진검룡의 방으로 우르르 쳐들어갔다.

그녀들은 진검룡에게 갖가지 유혹과 협박, 애원을 쏟아내면서 자신들과 정사를 할 것을 요구했다.

진지한 표정으로 그녀들의 말을 모두 듣고 난 진검룡은 타이르듯이 조용히 대답했다.

"알았다. 끝까지 죽지 않고 살아남는 사람의 소원을 들어주겠다."

잠시 후에 다섯 여자는 새로운 각오로 눈을 반짝반짝 빛내면서 진검룡의 방에서 나왔다.

第七十三章
복수행(復讐行)

大中原

천의맹 총부는 낙양성에서 호북성 무창성으로 옮겨졌다.

무창성이 지리적으로 천하의 중심부에 위치해 있다는 한 가지 이유에서였다.

천의맹주는 여전히 천의봉후 백소운이었다. 그녀는 천의 맹 무창총부 안 깊숙한 곳에 칩거하고 있다는 소문만 있을 뿐 사실인지는 알 수 없었다.

무창총부는 밖에서는 도무지 안쪽을 들여다볼 수 없는 구조로 건축되었다.

우선 바깥의 담이 십 장 높이로 둘러쳐져 있으며, 낙양총부를 중심으로 반경 오 리 이내에는 십 장 이상 높은 건축물은

한 채도 없었다.

천의맹이 강제로 철거했거나 높은 건축물을 짓지 못하게 했기 때문이다. 그런 이유로 밖에서는 도저히 무창총부 안을 들여다볼 수가 없었다.

무창총부 내에 전각이 몇 채나 있는지, 사람이 얼마나 있는지에 대해서도 극비에 붙여져 있다.

무창총부 내에 있는 사람들은 고수든 숙수든, 허드렛일을 하는 사람이든 안의 일을 밖에서는 절대로 발설하지 말아야만 한다.

예전에 몇 번인가 무창총부의 아주 사소한 것에 대해서 발설한 사람들이 며칠 이내로 체포되어 어디론가 끌려간 적이 있었다.

그리고는 다시는 돌아오지 못했다. 그래서 사람들은 그들이 죽었을 것이라고 추측했다.

석 달 후 해시(밤 10시) 무렵.

무창성 전역이 을씨년스러웠다.

예전에 불야성을 이루었던 장강변 평호문(平湖門) 일대도 이제는 밤이 되면 귀신이 나올 정도로 캄캄한 거리로 변해 버렸다.

무창성 동쪽 끝의 보양문(寶陽門)에서 서쪽 장강변의 평호문까지 일직선으로 넓고 곧게 뚫린 대로를 문창로(文昌路)라고 한다.

그곳 문창로 서쪽 끝 장강변에 천의맹 무창총부가 거대한 괴물처럼 웅크리고 있다.

대로 끝이 바로 무창총부의 전문으로 이어져 있었다. 그리고 무창총부 뒤쪽으로 장강이 좌에서 우로 흐르고 있으며, 그곳에 무창총부의 개인 전용 포구가 있었다.

포구에는 수십 척의 크고 작은 배들이 정박해 있으며, 수시로 배들이 포구로 드나들면서 짐을 내리고 있으며, 싣는 짐은 없고 내리는 짐만 있었다.

그것들은 모두 무창총부에서 사용할 곡식 따위 식품과 잡화 등이 주류다.

배에서 짐이 내려지면 무창총부 뒷문을 통해서 안으로 운반하는데, 뒷문과 주변을 지키는 경비가 철통같아서 누군가 잠입한다는 것은 불가능했다.

지금 밤늦은 시각에 무창총부 전용 포구에 한 척의 배가 정박했다. 집채만 한 크기의 거대한 상선(商船)이다.

무창총부의 호문고수(護門高手) 다섯 명이 상선에 올라서 곳곳을 세밀하게 살펴본 후에야 짐을 내리기 시작했다.

짐은 곡식과 건어물 따위의 식품인데, 포구로 내려서 일단 쌓아놓은 후에 수레에 싣고 무창총부 뒷문을 통해서 안으로 옮기는 식이었다.

무창총부에 얼마나 많은 인원이 기거하는지는 모르지만,

배에서 내려진 짐은 작은 산을 방불케 할 정도로 많았다.

포구에 내려졌던 짐은 다시 다섯 대의 수레에 가득 옮겨 실어졌다.

덜거덕… 덜걱…….

이윽고 짐을 가득 실은 다섯 대의 수레가 일렬로 줄을 서서 무창총부 뒷문으로 향했다.

그리고 한 대에 다섯 명씩 도합 이십오 명의 인부가 수레를 따랐다. 그들이 무창총부 안으로 들어가서 창고에 짐을 부릴 것이다.

이십오 명의 인부는 하나같이 체구가 건장했으며, 입을 꾹 다문 채 한마디 말도 없이 수레를 따랐다.

뒷문 밖과 포구에는 삼십여 명 정도의 호문고수가 있지만, 다섯 대의 수레에도 한 명씩 다섯 명의 호문고수가 날카롭게 눈을 번뜩이며 따라 들어왔다.

뒷문에서 창고까지는 이십여 장으로 멀지 않았다. 하지만 무창총부 안쪽인 것만은 분명하다.

그긍—

나란히 줄지어 늘어서 있는 여러 개의 창고 중 한 곳의 문이 활짝 열리자 인부들이 능숙한 솜씨로 수레의 짐을 창고 안으로 나르기 시작했다.

다섯 명의 호문고수는 각자의 수레에서 세 걸음쯤 떨어진 곳에 창고 쪽을 향해 우뚝 선 채로 꼼짝도 하지 않고 지켜보았다.

인부들은 입도 벙긋하지 않고 묵묵히 짐만 나르고 있었다.

우지끈! 쿵!

그때 창고 안에서 쌓아놓은 것이 무너지는 듯한 묵직한 소리가 터져 나왔다.

그러자 다섯 명의 호문고수 중 한 명이 빠르게 창고로 달려갔다.

"무슨 일이냐?"

그 순간 제자리에 서 있는 네 명의 호문고수 뒤로 유령 같은 흑영 네 개가 빠르게 다가갔다.

파파팍―

네 흑영이 거의 동시에 네 명의 호문고수 뒤로 바짝 다가선 순간 경미한 음향이 흐르며 호문고수들은 그 자리에서 뻣뻣해졌다.

그리고 다음 순간 창고 앞으로 다가서고 있는 또 한 명의 호문고수 뒤로 하나의 흑영이 귀신처럼 다가서더니 역시 경미한 음향이 흐른 후에 호문고수는 뻣뻣하게 굳어버렸다.

잠시 후, 다섯 명의 호문고수는 원래대로 각자의 수레에서 세 걸음쯤 떨어진 곳에 창고를 향해 우뚝 서 있었다. 창고로 달려가던 호문고수도 데려다가 수레 옆에 세워둔 것이다.

하지만 그들은 이미 특수한 점혈 수법에 제압되어 두 눈을 뜬 채 정신을 잃은 상태였다.

단지 남들이 보기에 의심을 사지 않기 위해서 각자의 수레 옆에 세워두었을 뿐이다.

한 가지 이상한 일은, 다섯 흑영이 다섯 명의 호문고수를 제압하거나 나란히 세우고 있는데도 다른 인부들은 아무것도 모른다는 듯이 부지런히 짐을 창고 안으로 나르는 일에만 열중하고 있었다.

다섯 흑영은 귀혼과 네 명의 경혼검수다. 그들은 인부로 가장하여 무창총부에 잠입한 것이다. 물론 수레를 끌고 들어온 인부도 모두 경혼검수들이었다.

진검룡은 무창총부에 잠입하기 위해서 공을 많이 들였고, 결국 오늘 밤에 결행한 것이다.

그는 몇 차례 무창총부에 잠입하려고 시도했으나 번번이 실패하고 말았었다.

무창총부를 둘러싼 높은 담 위에는 오 장 거리마다 이어져 있는 망루(望樓)에 불이 환하게 밝혀져 있다.

그뿐 아니라 무창총부 내의 모든 전각 지붕에도 망루가 있고, 그곳에도 불이 밝혀져 있다. 한 채의 전각 지붕에 여러 개의 망루가 있으니 무창총부의 허공은 그야말로 대낮이나 다름없는 상황이다.

그렇기 때문에 담을 넘는 것은 물론이고, 설혹 허공 한가운데에서 뚝 떨어져 내린다고 해도 무창총부에 잠입하는 것은 절대 불가능한 일이었다.

그래서 진검룡은 다른 방법을 선택했고, 그것이 무창총부에 정기적으로 식품을 공급하고 있는 상단(商團)을 매수하는 것이었다.

호문고수들을 제압한 귀혼과 네 명의 경혼검수는 재빨리 무창총부의 다섯 방향으로 제각기 흩어져서 쏘아가 어둠 속으로 사라졌다.

무창총부는 땅에서 칠팔 장 이상의 높이는 대낮처럼 밝은 반면에 아래쪽은 어두컴컴했다.

인부들, 아니, 경혼검수들이 수레의 짐을 창고 안으로 다 옮기는 데는 약 이각 정도가 걸렸다.

그리고 그들이 짐을 다 옮기기 전에 무창총부 안으로 사라졌던 귀혼과 네 명의 경혼검수가 기척없이 돌아왔다.

귀혼은 아까 창고 안에서 뭔가 무너지는 소리를 듣고 창고로 달려가던 호문고수를 번쩍 들어서 창고 입구 앞에 세워놓고 막 달려가는 자세를 잡아주었다.

이어서 그자의 뒷덜미에 손가락을 대고 혈도를 누를 준비를 하고는 수레 쪽을 쳐다보았다.

네 대의 수레에서 세 걸음쯤 떨어진 곳에 석상처럼 굳은 채 서 있는 네 명의 호문고수 각자의 뒤에는 귀혼과 함께 무창총부 안으로 잠입했다가 돌아온 네 명의 경혼검수가 서서 역시 혈도를 누를 준비를 하고 있었다.

귀혼이 가볍게 고개를 끄덕이고는 창고 입구 앞에 있는 호문고수의 뒷덜미 혈도 세 군데를 번개같이 누르고 수레 쪽으로 재빨리 물러나자, 미리 짐 하나를 들고 있던 수레 옆의 경혼검수 한 명이 그에게 짐을 던져 주었다.

그 순간 수레 옆의 네 명의 호문고수도 동시에 혈도가 풀렸다.

귀혼은 아무 일도 없었다는 듯 짐을 어깨에 메고 빠른 걸음으로 창고로 향했다.

"무슨 일이… 엇?"

창고 입구의 호문고수는 혈도가 풀리자마자 낮게 소리치면서 창고 안으로 달려들어 가려다가 균형을 잃고 휘청거렸다.

귀혼이 달려가는 자세를 잡아주었으나 본인이 아니라서 제대로 되지 않은 것이다.

휘청거리던 호문고수는 자세를 바로잡고 창고 안으로 들어갔다가 잠시 후에 다시 나왔다. 창고 안에는 아무 일도 없었던 것이다.

이들 다섯 명의 호문고수는 아까 혈도가 제압되는 순간에 생각이 끊어졌다.

이후 다시 혈도를 풀어주자 생각이 다시 이어졌다. 즉, 혈도가 제압된 순간부터의 생각이 이어진 것이다.

잠시 후에 인부들은 일을 끝내고 다섯 대의 빈 수레를 끌고 유유히 뒷문 밖으로 나왔다.

무창총부에 식품을 내려주고 장강을 따라 하류로 미끄러져 내려가던 상선은 포구에서 오 리쯤 가다가 칠흑 같은 어둠 속 강상(江上)에 멈추었다.

상선이 멈추기를 기다렸다는 듯 강가 쪽 어둠 속에서 한 척의 자그마한 배가 불쑥 나타나서 빠르게 다가왔다. 작다고는 하지만 삼사십 명은 너끈히 타고도 남는 크기의 배였다.

새로 나타난 배가 상선 가까이 이르자 상선 갑판에 모여 있던 귀혼을 비롯한 이십오 명의 경혼검수가 일제히 훌쩍훌쩍 신형을 날려 밤하늘을 가로질렀다.

그들은 오 장여 거리를 작은 개울 건너뛰듯이 가볍게 날아서 새로 나타난 배의 갑판에 아무런 기척도 내지 않고 내려섰다.

이어서 상선은 다시 출발하여 가던 길을 가고, 새로 나타난 배는 다시 강가로 향하는 듯하더니 검은 돛 두 개를 활짝 펴고 다시 상류를 향해 미끄러져 올라갔다.

오래지 않아서 배는 무창총부 뒷문 쪽 포구가 아스라이 보이는 곳에서 방향을 꺾어 강가로 다가갔다.

그때 갑판에 있던 귀혼과 이십사 명의 경혼검수가 신형을 날리더니 곧 강가에 내려섰다.

배가 강가의 작은 포구에 정박하는 동안 귀혼과 십구 명의 경혼검수는 무창성 내 대로를 향해 나는 듯이 달려갔다.

다음날 정오 무렵.

천의맹 무창총부 동쪽 담에서 대로 하나 건너에는 크고 작은 장원들이 대로 양편에 처마를 맞대고 늘어서 있었다.

이곳은 돈푼깨나 있고 방귀깨나 뀐다는 재력가나 권력가들이 모여 사는 조용하고 부유한 거리다.

그중에서 '청풍원(淸風院)'이라는 아담한 장원은 선뜻 눈에 들어오지 않는 평범한 장원이었다.

은퇴한 학자가 원주(院主)로 있는데, 소일거리로 서생들과 아이들을 가르치는 곳이다.

그렇기 때문에 천의맹이 눈을 시퍼렇게 뜨고 악인들을 찾아다녀도 청풍원은 하나도 무서울 게 없다. 서생들과 아이들에게 학문을 가르치는 것이 무슨 죄겠는가.

청풍원 깊은 곳의 별채에 몇 사람이 밀담을 나누고 있었다. 그들은 학문하고는 거리가 먼 사람들이었다.

척!

"완성된 무창총부 내부도(內部圖)입니다. 구 할까지는 정확할 것입니다."

귀혼이 탁자에 널찍한 종이를 펼치고는 공손히 한 걸음 뒤로 물러났다.

탁자 앞에는 흑의경장을 입은 진검룡이 꼿꼿하게 앉아 있고, 뒤에는 역시 흑의경장을 입고 양어깨에 도검을 멘 부상쾌가 우뚝 서 있다.

탁자에 펼쳐진 종이에는 전각과 길, 통로, 인공 호수, 가산(假山) 따위가 빼곡하고도 정밀하게 그려져 있었다.

그것은 귀혼과 네 명의 경혼검수가 이각 동안 무창총부의 다섯 방향으로 흩어져 돌아다니며 세밀하게 살피면서 본 것을 기억하고 또 중요한 것들은 잠깐씩 기록해 두었던 것들을 나중에 하나의 내부도로 짜맞춘 것이다.

진검룡은 잠시 내부도를 뚫어지게 살펴보다가 손가락으로 네 곳을 가리켰다.

"이곳과 이곳, 이곳, 그리고 이곳이 맹주의 거처로 의심되는군."

귀혼은 내부도를 작성하면서 각 전각들의 층수와 크기, 길과 통로의 거리 따윌 표기했으나 맹주의 거처라고 의심될 만한 곳이라는 자신의 의견을 첨부하지는 않았다.

그런데도 진검룡은 내부도를 한 번 보는 것만으로 단번에 추측해 냈다.

슥—

그는 다시 내부도의 한곳을 짚었다. 내부도에는 전각과 지형지물들이 빼곡하게 그려져 있었는데 유독 그가 손가락으로 짚은 곳만 아무것도 없었다.

"그리고 이곳이 제일 의심된다."

아무것도 그려져 있지 않다는 것은, 귀혼 등이 아무것도 보지 못했기 때문이다.

즉, 그곳으로는 갈 수가 없었다는 뜻이다. 귀혼과 경혼검수들이 접근할 수 없었을 정도라면 그만큼 경비가 삼엄하다는 뜻이니, 과연 맹주의 거처라고 의심할 만하다.

진검룡이 내부도에서 짚은 곳을 보고 귀혼이 공손하게 입을 열었다.

"그곳은 접근할 수가 없었습니다. 그래서 그곳에 어떤 전각이 있는지, 어떤 상황인지조차도 알아낼 수 없었습니다."

천의맹 무창총부는 무창성 내에 있으면서도 둘레가 오 리(里)에 달할 정도로 어마어마한 규모다.

내부도를 보면 무창총부의 전각수는 대략 삼백여 채에 달했으며, 인공 호수와 가산, 연무장이 오십여 개나 됐다.

삼백여 채의 전각이라면 한 채에 오십여 명씩만 거주한다고 해도 도합 만 오천여 명이다.

더구나 무창총부에 있는 고수들이므로 초일류 급일 것이다. 그렇기 때문에 선불리 잠입을 하거나 잘못 건드리는 날에는 그로써 끝장이라고 봐야 한다.

무창총부의 고수들은 거의 외출도 하지 않는다. 외무(外務)를 담당하고 있는 고수들만 이삼 일에 한 번씩 드나드는데, 그들을 잡아서 족치는 것은 백해무익하다.

말 그대로 외무만 담당하고 있는 자들이 무창총부의 깊숙한 내면에 대해서 알면 얼마나 알고 있겠는가.

이따금 요직으로 보이는 인물이 수십 명 혹은 수백 명의 고수들을 이끌고 무창총부를 나서는 경우도 있다. 아마도 임무를 수행하러 출발하는 것이리라.

그들을 추격했다가 몰살시키고 우두머리를 제압하여 문초하는 것도 방법이긴 하지만, 그들의 행방이 묘연해지면 무창총부가 당연히 의심을 할 것이다.

그리고는 더욱 촉각을 곤두세우고 무창총부에 대한 경비를 가일층 삼엄하게 만들 것이다.

진검룡의 목적은 백소운을 제압하여 족치거나 그것이 여의치 않으면 죽이는 것이다.

그녀를 족치는 이유는 혈우당주, 즉 천추검제 유운학의 행방을 알아내려는 것이다.

혈우당을 괴멸시키려면 최고 우두머리인 유운학과 백소운을 죽여야만 한다.

그 두 명에게 충성하는 핵심 인물들까지 치면 백여 명 정도를 죽이면 혈우당이 붕괴하지 않겠는가 하는 것이 진검룡의 생각이다.

이윽고 진검룡은 내부도에서 시선을 거두고 탁자에 놓여있는 찻잔을 집어들었다.

"귀혼, 다음 식품 반입은 언제냐?"

"사흘 후입니다."

진검룡은 고개를 끄덕였다.

"알았다."

귀혼은 진검룡이 사흘 후에 상선이 무창총부에 식품을 조달할 때를 거사일로 잡았을 것이라고 짐작했으나 자세한 것은 묻지 않았다.

진검룡은 차를 한 모금 마시고 나서 명령했다.

"사흘 후 자정까지 모두 무창성 뒷문 강 건너에 집결시키도록 해라."

"존명."

귀혼이 예를 취하고 물러나려고 하는데 급히 문이 열리며 경혼검수 한 명이 들어섰다.

"주군, 조금 전에 소호가 무창총부를 나섰습니다."

순간 진검룡의 짙은 눈썹이 가볍게 꺾였다. 일 년 반 전에 주작편신 소호는 곤명성 총신계에서 진검룡의 뒤에 서 있다가 단검으로 그의 등과 가슴을 관통시켰었다.

그런 일이 없었더라면 진검룡이 백소운에게 그처럼 어이없이 일격을 당하지도 않았을 테고, 총신계 삼만여 무사들과 포정사 연정도와 그가 데리고 온 관병 만여 명도 죽지 않았을 것이다.

아니, 그것으로 인해서 일어났던 모든 불행이 어쩌면 일어나지 않았을 수도 있었다.

경혼검수는 진검룡이 묻기 전에 계속 보고했다.

"주작편수 백 명을 데리고 남쪽으로 향하고 있으며 경혼검수 두 명이 미행하고 있습니다."

진검룡은 잠시 묵묵히 생각에 잠겼다.

조사한 바에 의하면 천의맹은 직, 편제를 대대적으로 바꿨다고 한다.

예전 낙양총부 시절에 장로 역할을 했던 천의십수 지위를 없앴다.

그리고 맹주 직속에 사무신왕(四武神王)을 두었는데, 동룡신왕(東龍神王), 서호신왕(西虎神王), 남작신왕(南雀神王), 북현신왕(北玄神王)이다.

그들 사무신왕은 천의맹의 이인자인 동시에 맹주의 사대호법(四大護法)이며, 또한 행동대의 우두머리이기도 하다.

예전의 천의사대는 각기 독립된 조직이었으나, 지금의 사무신왕은 맹주 직속이라서 모든 것을 직접 명령받고 또 보고해야 한다.

그것은 천의십수와 천의사대에 분산되었던 권력이 맹주 한 사람에게 집중되었음을 뜻한다.

예전의 맹주가 한 마리 용(龍)이었다면, 지금의 맹주는 입에 여의주를 문 천룡이 된 것이다.

과거 천의사신 중에 주작편신이었던 소호는 현재 사무신왕의 남작신왕이라는 신분이다.

그런 그녀가 주작편수, 아니, 남작편수 백 명을 이끌고 남쪽으로 향하고 있다는 것이다.

"가자."

진검룡은 벌떡 일어나 문으로 향하면서 명령했다.

"경혼조와 경혼검대를 모두 출동시켜라."

"존명."

공손히 허리를 굽히는 귀혼은 진검룡이 어째서 경혼조 십오 명과 경혼검대 이백팔십팔 명을 모두 출동시키라고 했는지 이유를 짐작할 수 있었다.

진검룡과 경혼조, 귀혼을 비롯한 경혼검대 모두의 가슴속에 응어리져 있는 한을 소호와 백 명의 남작편수들을 주살하면서 풀자는 뜻이다.

진검룡은 소호는 물론 백 명의 남작편수들을 몰살시키려는 계획이 분명하다.

자시(子時:자정) 무렵.

진검룡과 경혼조원 열다섯 명은 무창성에서 남쪽으로 칠십여 리 거리에 있는 함녕현(咸寧縣)이란 곳에 이르렀다.

"소호와 백 명의 남작편수들은 모두 저곳에 있습니다."

소호 일행을 미행한 경혼검수로부터 보고를 받은 귀혼이 한곳을 가리켰다.

그곳은 함녕현 중심부의 어느 거리에 위치한 한 채의 아담한 장원이었다.

"저곳이 목적지가 아니고 하룻밤 머물려는 것 같습니다.

저 장원은 천의맹 분타인 것 같습니다."

천의맹은 지부와 분타가 없다. 아니, 있기는 있는데 겉으로
드러나지 않았다.

예전에는 천하의 각 성(省)에는 천의맹 지부가, 성(城)이나
현(縣)에는 분타가 있었다.

어떤 건물보다도 으리으리하게 짓고 전문 위 현판에 큼직
하게 무슨 지부 또는 분타라고 적어놨었기 때문에 모르는 사
람이 없었다.

하지만 지금은 예전 지부와 분타들을 모조리 없애 버리고
새로운 곳에 새로운 인물들로 지부와 분타를 꾸린데다 겉으
로 전혀 드러나지 않는다.

그렇기 때문에 천의맹에 불만이나 원한을 품고 있는 무림
의 방, 문파나 세력들의 위협으로부터 절대적으로 안전하다
는 장점이 있다.

그러나 지부와 분타의 위치를 감추고 은밀하게 행동하는
것은 결코 정파가 할 짓이 못 된다.

그것 때문에 모든 무림인들이 지탄을 하고 있지만 천의맹
은 끄떡도 하지 않고 있다.

대로의 골목 입구에 서 있는 진검룡은 귀혼이 가리킨 장원
을 뚫어지게 주시하다가 나직이 중얼거렸다.

"통산현(通山縣)과 숭양현(崇陽縣), 통성현(通城縣), 구궁산(九
宮山) 일대로 수하를 보내서 그곳에 무슨 일이 있는지, 아니면

어떤 인물이 있는지 알아보라."

"존명."

귀혼은 허리를 굽히고 나서 즉시 골목 안쪽으로 쏘아갔다. 진검룡 주위에는 항상 명령을 전달하는 경혼검대의 전령(傳令)이 머물고 있는데, 그에게 명령하기 위해서다.

이곳 함녕현에서 남쪽으로 오십여 리쯤 내려가면 통산현이 있고, 그곳에서 남서쪽으로 향하면 숭양현과 통성현이 차례로 나온다.

또한 함녕현에서 남쪽으로 삼십여 리 정도 더 가면 막부산(幕阜山)이 나온다. 구궁산은 거대한 산맥인 막부산에서 제일 높은 산이다.

소호가 백 명의 남작편수를 이끌고 남하하다가 함녕현에서 하룻밤을 묵는다면, 목적지는 더 남쪽이거나 남서쪽이라는 얘기가 된다.

진검룡은 그녀의 목적을 미리 알아낼 수 있으면 많이 유리할 것이라는 생각에서 수하들을 미리 보낸 것이다.

진검룡과 경혼조원들은 투숙하기 위해서 함녕현 중심가의 한 객잔으로 찾아들었다.

"장사꾼입니까?"

"그렇네."

자정이 넘은 시각이라 자다가 깨서 나온 점소이가 객잔 입구 바깥에 모여 서 있는 진검룡 일행을 졸린 눈으로 대충 쳐다보면서 물었다.

점소이가 투숙객의 신분을 묻는 것은 기록을 했다가 내일 이곳에 찾아와서 조사를 하게 될 천의맹 고수에게 보여줘야 하기 때문이다.

그것은 천의맹 천하가 되고 나서부터 새로 생긴 수많은 법 중의 하나다.

진검룡을 제외한 경혼조원들은 옷차림도 그렇거니와 등과 어깨에 커다란 봇짐을 메고 있어서 영락없는 장사꾼으로 보였다.

"빈방이 몇 개나 되려나? 들어오슈."

점소이가 고개를 갸웃거리면서 퉁명스럽게 말하고는 뒤뚱거리며 안으로 들어갔다.

방이 네 개밖에 남지 않아서 진검룡과 경혼조원들은 분산해서 방에 들었다.

경혼조원들은 방 하나를 무악과 미미에게 양보했다.

석 달 전 강천현 은성을 출발하기 전날에 진검룡이 경혼조원 모두에게 하루의 자유를 주었었다.

그런데 그날 밤에 무악과 미미는 한 몸이 되었다. 혼인을 하지는 않았으나 부부가 된 것이다.

무악과 미미에게 방 하나를 내준 것은 경혼조원들의 배려

이기도 하지만 눈꼴이 시리다는 이유가 더 컸다.

틈만 나면 장소 불문하고 벌이는 두 사람의 애정 행각이 너무도 노골적이어서 눈꼴 시리고, 또 서로를 그리는 마음이 애틋해서 마음이 짠해지는 경혼조원들이다.

그래서 운남성을 떠나서 이곳으로 올 때에도 객잔 같은 곳에서 하룻밤 묵게 되면 될 수 있으면 무악과 미미를 한 방에 재우는 것을 원칙으로 했었다.

두 개의 방에는 남자 조원들이 나누어 들어갔고, 마지막 하나 남은 방이 진검룡 차지가 됐는데, 그곳에 여자 조원 다섯 명이 우르르 따라서 들어갔다.

남자 조원들은 진검룡하고 같은 방을 쓰는 것을 매우 거북하게 여긴다. 아무리 친숙하다고 해도 진검룡이 어려운 존재이기 때문이다.

그렇다고 진검룡에게 방 하나를 내주고 여자들 다섯 명에게도 방 하나를 주고 나면, 나머지 방 하나에서 남자 조원 여덟 명이 자야 하는데 그럴 수는 없었다.

그래서 진검룡 방에 여자 다섯 명을 몰아넣은 것이다. 그녀들은 진검룡하고 자는 것을 거북하게 여기기는커녕 쌍수를 들고 환영하기 때문이다.

"조장, 잘 준비 끝났어."

"사부님, 이제 누우시기만 하면 돼요."

"어서 이리 누우세요, 주군."

그리 크지 않은 침상에 다섯 여자가 빼곡하게 누워서 가운데 자리 하나를 비워놓고는 진검룡을 향해 자신들 딴에는 최대한 요염한 자태를 뽐내면서 말했다.

더구나 그녀들은 모두 속곳만 입은 모습으로 진검룡을 바라보면서 한껏 기대 어린 표정들이다.

진검룡은 그녀들을 잠시 바라보다가 몸을 돌리고 그 자리에 가부좌로 앉으며 말했다.

"모두 운공조식하자."

진검룡과 다섯 여자는 운공조식을 하면서 그날 밤을 지새웠다.

소호와 백 명의 남작편수들은 아침 진시(8시)에 함녕현을 출발하여 쉬지 않고 남쪽으로 달려갔다.

그 뒤를 멀찍이에서 추격하고 있는 진검룡 일행에게 사시(아침 10시) 무렵부터 전서구가 속속 날아들었다.

통산현과 숭양현, 구궁산 등지로 탐색을 하러 간 경혼검수들이 보낸 전서구다.

한 곳 구궁산을 제외하고는 다른 지역에는 별다른 사건도 특별한 인물도 없었다.

다만 구궁산 구궁신문(九宮神門)에 무당파 장문인, 즉 무당장교(武當掌敎) 태현 진인(太玄眞人)이 와 있다는 사실이 특별한 일이었다.

진검룡은 소호와 남작편수들의 표적이 태현 진인일 것이라고 확신했다.

하지만 무엇 때문인지는 알 수 없었다. 다만 좋은 일은 아닐 것이라고 추측했다.

第七十四章

혈보(血步)의 시작

구궁산 중턱에 있는 구궁신문은 도문(道門)이다. 무당파만큼의 세력은 아니지만, 나부파(羅浮派)나 전진파(全眞派)하고는 어깨를 나란히 할 정도다.

무당장교 태현 진인이 구궁신문에 찾아와서 묵고 있는 지 벌써 열흘이 되어가고 있었다.

그는 사제와 제자 한 명만을 데리고 이곳에 왔다. 그리고 지난 열흘 동안 구궁신문 장문인의 거처에서 묵으며 한 발자 국도 밖으로 나오지 않았었다.

그런 탓에 구궁신문의 이백오십여 제자들 거의 대부분은 태현 진인이 이곳에 온 사실을 모르고 있었다.

태현 진인과 구궁신문 장문인 창허자(蒼虛子), 그리고 몇몇 도사들이 고풍스러운 탁자에 서로 마주 보는 자세로 앉아서 무언가를 하고 있었다.

태현 진인 좌우에 앉은 두 사람은 그의 사제와 제자다. 그리고 창허자 좌우에 앉은 세 명은 그의 사제와 두 명의 제자였다.

태현 진인과 창허자는 묵묵히 앉아 있고, 두 명의 사제와 세 명의 제자는 종이에 부지런히 뭔가를 쓰고 있었다.

탁자 양쪽에는 서찰 봉투가 수북하게 쌓여 있는데 족히 백여 통은 될 듯했다.

그러나 사실 지난 열흘 동안 이들이 쓴 서찰을 다 합치면 이천여 통이 넘을 것이다.

두 명의 사제와 세 명의 제자 중에 누군가 한 장의 서찰 쓰는 것이 끝나면 태현 진인이나 창허자가 새로운 이름을 불러 준다.

그러면 방금 서찰 쓰기를 끝낸 사람은 또다시 새로운 서찰을 쓰기 시작한다.

지난 열흘 동안 쓴 이천여 통의 서찰의 내용은 대동소이하다. 단지 이름만 다를 뿐이다.

태현 진인과 창허자는 보름 동안 삼천 통의 서찰을 쓰는 것이 목표였다.

서찰 쓰기가 완성되면 구궁신문 제자 이백오십여 명이 그것들을 나누어 갖고 구궁신문을 떠날 것이다.

그래서 서찰 봉투에 적힌 사람들, 즉 삼천 명을 직접 찾아가서 서찰을 전하게 될 터이다.

태현 진인이 이 일을 끝내고 무당파로 돌아가면 다음에는 소림사 장문인 혜각 선사(慧覺禪師)가 소림사를 떠나 다른 은밀한 장소에서 태현 진인처럼 삼천 통의 서찰을 작성하여 삼천 명에게 보내게 될 것이다.

무당파와 소림사가 주축이 되어 모종의 음모, 아니, 변혁을 계획하고 있는 중이었다.

그것이 성공하면 천의맹은 붕괴하고 무림은 다시 예전의 평화를 되찾게 될 것이다.

그러나 반대의 경우라면 유구한 역사의 소림사와 무당파, 그리고 그에 관련된 전 무림의 육천여 방, 문파와 무림고수들은 천의맹에 의해서 멸문과 죽음을 면치 못할 것이다.

그때 문밖에서 느닷없이 조용한 목소리가 들려왔다.

"장문인."

순간 흠칫 표정이 변한 창허자가 손을 뻗어 서찰 쓰는 것을 중지시켰다.

그는 제자들에게 이곳에는 아무도 접근하지 말라고 엄명을 내려두었다. 그리고 방금 들려온 목소리는 그가 처음 듣는 목소리였다.

모두의 얼굴에 긴장감이 감돌고 있는데 문밖에서 방금 그 목소리가 다시 들려왔다.

"태현 진인께서 이곳에 계시오?"

순간 모두의 안색이 휙 급변했다. 구태여 태현 진인이 창허자에게 밖에 있는 자가 누구냐고 물어볼 필요가 없었다. 말을 들어보면 밖에 있는 자는 외부인이 분명했다.

척!

그런데 모두들 어떻게 할 것이라는 결정을 내리지 못한 상황에서 갑자기 문이 열리고 한 사람이 안으로 성큼성큼 걸어 들어왔다.

차차창!

그러자 태현 진인과 창허자를 제외한 다섯 명이 일제히 검을 뽑으며 의자를 박차고 일어섰다.

"아……!"

그런데 들어선 사람을 발견한 태현 진인은 만면에 커다란 놀라움을 가득 떠올리며 탄성을 토해냈다.

그는 벌떡 일어나면서 믿어지지 않는다는 표정으로 나직이 외쳤다.

"진검룡 도우가 아니시오?"

그 말에 창허자와 나머지 사람들은 크게 놀라며 들어선 사람을 쳐다보았다.

'진검룡'이라는 말에 설마 그가 청룡검신이란 말인가? 하는 표정을 지었다.

들어선 사람, 즉 진검룡은 태현 진인에게 천천히 걸어가며 가볍게 고개를 끄덕였다.

"그렇소. 오랜만이오, 장문인."

"오오… 진검룡 도우가 살아 있었다니 꿈만 같구려."

이곳에서 진검룡의 얼굴을 알고 있는 사람은 태현 진인 혼자뿐이다.

진검룡은 태현 진인 앞에 멈춰서 본론부터 꺼냈다.

"소호가 구궁신문으로 오고 있소."

태현 진인의 얼굴에 움찔 놀라는 기색이 떠올랐다.

"남작편신 소호 말이오?"

"그렇소."

소호가 왜 오는지에 대한 구구한 설명 같은 것은 필요하지 않았다. 그 말이면 족했다.

"무량수불……. 그토록 조심을 했거늘 본 파에서부터 미행을 당했단 말인가?"

"아닐 것이오. 아마 구궁신문이 감시를 당하고 있었을 것이오."

"감시?"

"이곳에 온 지 얼마나 되셨소?"

"열흘이오."

진검룡은 고개를 끄덕이거나 가로젓는 동작 같은 것은 하지 않고 예의 무심한 표정과 건조한 목소리로 말했다.

"이곳을 감시하고 있는 자가 이곳에 있는 사람이 진인이라
는 사실을 확인하는 데 꽤 오랜 시일이 걸린 것 같소."

"음, 그렇겠군."

태현 진인은 무겁게 신음을 흘리고 나서 진검룡을 쳐다보
며 물었다.

"어떻게 할 생각이오?"

그는 진검룡이 천의맹에 적대할 것이라는 사실을 믿어 의
심하지 않았다.

그가 알고 있는 한 진검룡은 절대정의(絕對正義)로 뭉쳐진
사람이다.

그의 정의심은 그냥 정의심이 아니라, 앞에 '절대'를 붙여
야만 할 정도다. 그런 그가 당금 천의맹의 폭거(暴擧)를 그냥
두고 볼 리가 없다. 그러므로 그는 천의맹을 적대할 것이 분
명하다.

무림에서는 그가 일 년 반 전에 운남성에 보천신계라는 새
로운 무림을 세우고, 곤명성에 총신계를 세웠다가 천의맹에
의해서 죽임을 당하고 총신계와 보천신계는 붕괴했다고 알려
져 있었다.

"장문인은 이곳을 피하시오."

"진검룡 도우는?"

진검룡의 말에 태현 진인은 긴장하는 표정을 지었다.

"소호를 죽일 것이오."

태현 진인과 모두의 얼굴에 해연히 놀라움이 떠올랐다.

천의맹의 이인자인 사무신왕 중 한 명을 죽이겠다고 태연하게 말하는 사람이 진검룡이 아니었다면 이들은 그 말을 절대로 믿지 않았을 것이다.

"그녀는 혼자 오는 것이 아닐 텐데도 말이오?"

"백 명의 남작편수를 이끌고 있소."

그 말에 태현 진인과 창허자 등은 크게 놀랐다. 요즘은 사무신왕이 직접 나서는 경우가 드문 일이지만, 그들 중의 한 명이 직계 수하를 백 명씩이나 이끌고 다니는 경우는 더욱 드문 일이었다.

이곳에서 진검룡을 제외하고는 소호의 적수가 될 만한 사람이 아무도 없다.

더구나 남작편수 백 명이면 이곳 구궁신문 정도는 초토화시키고도 남음이 있다.

진검룡의 실력을 잘 알고 있는 태현 진인이지만 소호가 백명의 남작편수들을 이끌고 온다는 말에는 고개를 가로저을 수밖에 없었다.

"소호와 백 명의 남작편수 모두를 죽이는 것은 무리요."

진검룡은 몸을 돌려 문 쪽으로 걸어가며 말했다.

"장문인은 어서 피하시오. 앞으로 반 시진 후면 소호가 도착할 것이오."

태현 진인은 진검룡의 말과 행동에서 그가 소호와 백 명의 남작편수를 죽일 만한 능력이나 계획을 갖고 있다는 사실을 깨달았다.

창허자가 진검룡의 뒷모습을 보며 급히 말했다.

"부탁이오. 이곳에서는 싸우지 마시오."

어떤 형태의 싸움이 되든지 간에, 그리고 누가 이기고 지느냐를 떠나서, 이곳 구궁신문에서 진검룡이 소호 등과 싸우게 된다면 구궁신문이 천의맹의 신랄한 추궁을 당하게 될 것이 너무도 분명하다.

"알겠소."

진검룡이 짧게 대답하고 막 문을 열려고 하는데 태현 진인이 급히 그를 불렀다.

"진검룡 도우."

진검룡이 멈춰서 돌아보자 태현 진인은 몇 걸음 걸어와서 멈추고는 정중하게 말했다.

"소호와의 일 이후에 빈도를 만나주겠소?"

진검룡이 대답하지 않자 태현 진인은 걸음을 옮겨 진검룡에게 더욱 가까이 다가와서 진지하게 부탁했다.

"매우 중요한 일이오. 꼭 만나주시오."

진검룡은 고개를 끄덕였다.

"소호를 죽이고 나서 다시 오겠소."

소호와 백 명의 남작편수들은 구궁신문을 샅샅이 뒤졌으나 태현 진인은커녕 아무런 수상한 흔적조차 발견하지 못하고 발길을 돌려야만 했다.

밤이 늦었으나 그들은 어젯밤에 하룻밤을 묵었던 함녕현을 그냥 지나쳐 계속 북상했다.

구궁신문으로 갈 때에는 싸울 것에 대비하여 충분한 휴식이 필요했었다.

그렇지만 목적을 달성하지 못하고 돌아가는 길에는 구태여 편하게 휴식을 할 필요가 없기 때문이다.

"이곳에서 두 시진 동안 휴식을 취한 후에 출발한다."

축시(밤 2시) 무렵, 함녕현을 사십여 리쯤 지나서 양자호(梁子湖) 근처에 이르렀을 때 소호가 명령했다.

태현 진인이 구궁신문에 있다는 사실이 정확한 정보였다고 확신했다가 허탕을 쳤기 때문에 소호는 기분이 매우 좋지 않은 상태였다.

남작편수들은 흩어지지 않고 호숫가 송림(松林) 안쪽에 모여서 더러는 운공조식을 하고 더러는 나무에 기대앉거나 바닥에 누워서 쪽잠을 청했다.

소호 휘하의 남작편수는 모두 삼천 명이다. 예진에 주작편수가 구백 명이었던 것에 비하면 세 배가 넘는 많은 수다.

그중에 여자가 이천여 명이고 나머지 천 명은 남자다. 여자가 남자보다 배나 많다. 소호가 남자보다는 여자를 선호한다는 단순한 이유 때문이다.

삼천 명의 남작편수들은 백 명씩 삼십 개의 대(隊)로 나누어져 있으며, 그중에서 제일대 백 명이 최정예 고수들이다. 지금 이곳에 있는 백 명이 바로 제일대다. 소호가 직접 출동할 때에는 항상 제일대를 이끌고 다녔다.

쏴아아…….

거대한 양자호의 파도 소리만이 잔잔하게 들려오는 가운데 백 명의 남작편수들은 달콤한 휴식 속으로 깊이 빠져들고 있었다.

그러나 한 사람 소호만은 나빠진 기분 때문에 나무 그루터기에 앉아서 호수를 쏘아보며 입술을 잘근잘근 깨문 채 깊은 생각에 잠겨 있었다.

그녀의 오른쪽 헐렁한 소매가 불어오는 미풍에 이리저리 흔들렸다.

일 년 반 전에 그녀는 총신계에서 진검룡을 단검으로 찔렀다가 귀혼에게 오른팔이 팔꿈치에서 뭉텅 잘라졌었다.

그녀는 왼손잡이라서 무공을 펼치는 데는 별 지장이 없었으나 한쪽 팔이 없다는 사실은, 특히나 여자에게는 견디기 어려운 수치며 불편함이었다.

그녀는 힐끗 나풀거리는 자신의 오른팔 소매를 쳐다보았다.

순간 그녀의 입술이 일그러지고 흰 이가 드러났다.

"죽일 놈……."

귀혼에 대한 원한이다. 만약 진검룡이 살아 있다는 사실을 안다면 그에게는 더 지독한 원한을 품었을 것이다.

일 년 반 전에 총신계에서 진검룡의 손에 현무창신 연풍이 죽임을 당했다.

연풍은 소호의 정인이었다. 소호는 진검룡에게 복수하려는 마음을 먹었으나 실력으로는 그를 죽일 수 없기 때문에 비열한 계교를 써서 그의 환심을 얻는 데 성공했다.

소호는 자신이 단검으로 진검룡의 등을 관통한 직후에 백소운이 전력으로 쌍장을 적중시켰기 때문에 그가 절대로 살아날 수 없다고 굳게 믿었다.

그 사실을 증명하기라도 하듯이 지난 일 년 반 동안 진검룡의 행적은 천하 어디에서도 발견되지 않았다.

만약 그가 살아 있었다면 어떤 형태로든 천의맹에 도전을 했을 것이다.

그러므로 지금까지 아무 일도 일어나지 않고 있다는 것은, 그가 죽었다는 뜻이다. 현재 천의맹에서는 그가 죽었다고 믿고 있었다.

사아아.

그녀는 쉬고 있는 남작편수들을 등진 채 호숫가에 앉아 있었는데, 뒤쪽 송림에서 미풍이 살랑거리며 불어왔다.

"……!"

그런데 미풍이 조금 이상했다. 잔잔한 미풍 속에서 낙엽이 떨어지거나 뒹구는 극히 미약한 음향이 섞여 있었다.

바람이 불면 낙엽이 떨어지고 또 뒹굴 수도 있다. 하지만 이곳은 송림이라서 낙엽이 없다. 솔잎이 떨어지거나 뒹구는 소리는 저렇게 나지 않는다.

'암습?'

그녀로서는 조금도 익숙하지 않은 말이 뇌리를 스쳤다. 암습이라니, 예전 천의맹 천의사신 때에도 그랬었지만 현재 사무신왕 때에는 단 한 번도 암습 따위를 당해본 적이 없었다. 그래서 암습이란 생소할 수밖에 없다.

생소한 것은 방심으로 이어진다. 그녀의 머리는 이것이 그저 바람 소리인지 아니면 암습의 징조인지를 찰나지간에 분석하느라 바쁘게 돌아갔다.

그러면서 앉은 채 고개를 돌려 뒤돌아보던 그녀의 눈이 약간 커졌다.

무심코 돌아보던 그녀의 시야에 들어온 것은 앉아서 운공조식을 하거나 나무에 기대어 또는 누워서 잠을 자고 있는 수하들의 모습이다.

그리고 그 너머에서 마치 유령 같은 검은 그림자들이 어둠보다 더 어둠처럼 빠른 속도로 밀려들고 있었다. 아니, 그것은 엄습하고 있다고 해야 적당한 표현이다.

순간 그녀의 눈동자가 재빨리 좌우로 굴렀다. 그리고는 그녀가 앉아 있는 쪽을 제외한 모든 방향에서 예의 유령 같은 검은 그림자들이 엄습해 오고 있는 것을 발견했다.

"암습이다!"

그녀는 튕기듯 일어나면서 벼락같이 외치는 것과 동시에 왼손으로 허리춤에 차고 있는 자신의 애병(愛兵)인 주작신편(朱雀神鞭)을 움켜잡았다.

그녀의 외침에 남작편수들이 운공조식과 잠에서 깨어나는 것과 같은 순간, 그들을 포위한 형태의 검은 그림자들이 파도처럼 들이닥치며 공격을 퍼부었다.

촤촤촤아아ㅡ!

소호는 자신의 눈앞에서 벌어지고 있는 예기치 않았던, 그리고 충격적인 광경 때문에 찰나지간 머릿속이 하얗게 탈색되는 듯했다.

자신의 충성스러운, 그리고 용맹한 수하들인 남작편수들이 무서리에 꽃잎이 떨어지듯이 아무런 반격도 하지 못한 채너무도 맥없이 죽어가고 있었다. 그 정도로 완벽한 암습이었던 것이다.

"크악!"

"으아악!"

운공조식과 잠에서 깬 수하들은 미처 반격하거나 피하지도 못한 채 무더기로 죽어갔다.

포위한 채 어둠처럼 밀려들었던 검은 그림자들은 흑의경

장을 입은 자들이며, 양손에 도검을 쥔 채 남작편수들을 무차별 주살하고 있었다.

흑의경장인들의 솜씨는 너무도 간명했다. 화려하거나 쓸데없는 동작이라곤 터럭만큼도 없으며, 오로지 남작편수들의 급소를 찌르고 베는 살초만을 구사했다.

또한 그들의 움직임은 '극쾌(極快)'라고 할 만큼 지독하게 빠르고 정확했다.

그래서 암습이 아니라 남작편수들하고 정면 대결을 벌인다고 해도 오히려 우위를 점할 것이 분명했다.

소호가 경악해서 정신을 차리지 못하고 있는 단 한 호흡 동안에 남작편수 삼십여 명이 무더기로 죽었다.

그런데도 흑의경장인들은 남작편수들이 허리춤의 무기, 즉 남작편(南雀鞭)을 뽑을 기회마저 주지 않고 마구잡이로 찌르고 베어 죽였다.

더구나 흑의경장인의 수는 남작편수보다 훨씬 더 많았다.

"이놈들!"

두 호흡째에 번쩍 정신을 차린 소호는 주작신편을 떨치며 격전장으로 쏘아가며 쩌렁하게 외쳤다.

"……!"

그러나 그 순간 그녀는 뒤쪽에서의 암습을 감지하고 신형을 멈추는 것과 동시에 몸을 돌리면서 공력이 실린 주작신편을 뒤를 향해 벼락같이 떨쳤다.

쾌애액!

바위를 가루로 만들 뿐만 아니라 철문마저도 종잇장처럼 찢어발기는 주작신편의 일격이 그녀가 몸을 돌리기도 전에 빛처럼 허공을 갈랐다.

얼마나 심후한 공력이 실려 있으면 일개 채찍에서 벼락 소리가 터져 나오겠는가.

팍!

순간 채찍 끝으로 둔탁한 느낌이 전해졌다. 채찍이 사람의 몸에 닿았을 때의 익숙한 느낌이다.

그 뒤로는 채찍이 몸을 쪼개는 느낌이 이어질 것이다. 주작신편은 보검보다 더 예리해서 마음만 먹으면 무엇이든지 자르고 관통해 버린다.

그런데 둔탁한 느낌 뒤에 마땅히 이어져야 할 뼈와 살을 가르는 느낌이 없었다.

무언가 잘못됐다는 사실을 본능적으로 느끼면서 소호는 몸을 뒤쪽으로 빙글 돌렸다.

"……!"

그 순간 그녀는 너무도 경악해서 순간적으로 정신과 몸의 모든 기능이 정지해 버리는 것을 느꼈다.

눈이나 귀, 그리고 오감(五感)이 무엇인가를 감지하면 찰나보다 더 빠르게 뇌가 그것을 인지하여 다음 행동에 대한 명령을 내린다.

그러나 인간의 눈과 귀가 감지할 수 있는 한계가 있듯이, 분명히 뇌의 영역에도 한계가 있다. 지극히 미미한 것은 무시해 버리지만 너무 엄청난 것은 그것에 대해서 어떻게 반응해야 할는지 시간이 필요한 것이다.

지금 소호의 뇌가 그런 경우다. 그녀의 눈이 사물을 보고는 그대로 뇌에 전달했으나 뇌가 그것을 제대로 인식하지 못하고 있었다.

"너, 너는… 진검룡…….."

소호는 뇌가 아직도 헤매고 있는 상황에서 그저 입으로만 중얼거렸다.

그녀의 앞에는 흑의경장을 입은 진검룡이 왼손으로 주작신편의 끝을 감아쥔 채 천신인 양 우뚝 서서 묵묵히 그녀를 주시하고 있었다.

"너는… 죽지 않았느냐……?"

지금 같은 상황에서는 재차 공격을 하거나 다른 행동을 취해야 하는데도 그녀의 입은 제멋대로 그렇게 물었다. 한계를 훨씬 넘어버린 놀라움이 그녀의 정신을 황폐화시켜 버린 것이다.

그녀의 물음에도 진검룡은 묵묵부답 그녀를 주시하고만 있을 뿐이다.

그의 얼굴에는 분노도 경멸도 아닌 깊이를 알 수 없는 무심함이 드리워져 있을 뿐이었다. 그것은 겉으로 드러나는 분노보다 더 무서운 것이다.

"끄악!"

"크아악!"

그때 등 뒤에서 터져 나온 수하들의 처절한 비명 소리에 소호는 퍼뜩 정신을 차렸다.

그와 동시에 지금 자신에게 중요한 것은 진검룡이 어떻게 살아났는지가 아니라 무슨 수를 써서라도 그의 손에서 벗어나야 하는 것이라는 사실을 깨달았다.

그녀는 일 년 반 전 총신계에서 진검룡에게 사용했던 비열한 계교가 지금 이 순간에도 다시 한 번 절실하게 필요하다고 판단했다.

"검룡… 나는……."

그녀는 금방이라도 울 것 같은 표정을 지으며 엉거주춤한 자세로 비틀비틀 진검룡에게 다가갔다.

"그때… 맹주가… 아니… 백소운 그년이… 전음으로 지시를 내렸었어……. 검룡을 암습하라고……."

그녀의 두 눈에서 가득 눈물이 차올랐다가 주르르 흘렀다. 지금 같은 상황에 꼭 필요한 눈물이 나와주는 것이 얼마나 다행스러운지 몰랐다.

그러나 그 눈물은 진검룡에 대한 미안함이나 후회 때문이 절대 아니었다.

그에 대한 원한과 복수심이 너무도 사무쳐서, 그리고 일말의 두려움이 그녀를 울게 만들었다.

그녀는 걸음을 멈추지 않으며 계속 흐느껴 울면서 점차 진검룡에게 다가갔다.

조금만 더 다가가면 불시에 주작신편에 전 공력을 주입해서 잡아챌 생각이다.

그렇게 하면 제아무리 진검룡이라고 해도 손이 잘라지고 말 것이다.

그런 생각을 하니까 신기하게도 감정이 더욱 격해져서 눈물이 마구 쏟아졌다.

"으흐흑… 내가 만약 처음부터 검룡을 죽일 생각이었다면… 심장을 찔렀을 거야. 나는 검룡이 죽는 것을 원하지 않았기 때문에 심장을 비껴서 찔렀어. 진심이야. 검룡은 내 마음 알지? 흑흑!"

그것은 그녀의 실수였다. 그래서 그때 어째서 심장을 제대로 찌르지 못했는지 지금 뼈저리게 후회하고 있는 중이었다.

두 사람의 거리가 이 장으로 가까워졌다. 그런데도 진검룡은 아무런 반응이 없다.

그래서 소호는 그가 계략에 빠진 것이라고 판단했다. 하지 않아서 그렇지, 그녀가 마음만 먹으면 남자 하나쯤 속이는 것은 땅 짚고 헤엄을 치는 것보다 쉬운 일이었다.

"흐흐흑… 검룡… 부디 나를 용서해 줘……. 나는… 그럴 수밖에 없었어……."

드디어 거리가 일 장으로 좁혀졌다. 소호는 이 정도 거리라면 공력을 주입하는 동시에 느닷없이 주작신편을 잡아채서 진검룡의 손을 자르면서 동시에 재차 공격을 퍼부어서 치명상을 입히거나 죽일 수 있을 것이라고 확신했다.

"으흐흑! 내가 죽일 년이야……! 나를 죽여줘……. 검룡이 무슨 죄가 있다고……."

소호는 한 걸음 더 다가가면서 고개를 숙이고 처절하게 울어댔다.

마지막 연기가 필요했다. 그것으로 진검룡의 마음을 한차례 더 흔들어놓아야 한다.

순간 그녀는 혼신의 힘을 다해서 주작신편을 잡아챘다.

패액!

찰나 주작신편이 팽팽해지면서 뭔가 뎅경 잘라지는 느낌이 생생하게 그녀의 손으로 전해졌다.

'성공이다!'

순간 그녀는 재차 공격하기 위해서 고개를 번쩍 들면서 주작신편을 맹렬히 휘둘렀다. 이번에는 진검룡의 목을 자르거나 머리를 박살 낼 생각이었다.

"……."

그러나 다음 순간 그녀는 망연자실해지고 말았다. 그녀의 눈앞에서 벌어지고 있는 광경은 그녀가 예상했던 그런 것이 아니었다.

진검룡은 그녀의 일 장쯤 전면에 우뚝 서 있었다. 그런데 그의 왼손에는 여전히 주작신편 끝 부분이 감겨져 있었으며, 손이 잘라지지도 않았다.

그런데 그녀의 왼쪽 허공에 눈에 익은 팔 하나가 둥실 떠오르고 있는 중이었다.

그 팔 아래쪽 손에는 주작신편 손잡이가 굳게 움켜져 있었다. 그리고 주작신편의 중간 부분이 동그랗게 말려 있었으며, 그 원 안에 팔의 잘려진 단면이 들어 있었다.

즉, 주작신편의 중간 부분이 팔을 한 바퀴 감은 다음에 잘랐다는 뜻이다.

번쩍 스치는 무엇이 있어서 소호는 다급히 자신의 왼팔을 쳐다보았다.

그녀의 왼팔이 없어졌다. 팔꿈치 반 뼘쯤 윗부분이 뎅겅 잘려 나갔으며, 그 부위에서는 피가 한 방울도 흘러나오지 않고 있었다.

"으으……."

방금 전에 그녀가 흐느껴 울면서 진검룡에게 가까이 접근하여 펼쳤던 회심의 급습은 아무런 이득도 거두지 못했다. 도리어 그녀의 팔이 잘라져 버렸다.

진검룡은 비단 그녀의 얄팍한 계책에 속지 않았을 뿐만 아니라 그것에 대한 작은 응징으로 하나 남은 팔마저도 잘라 버렸다.

"흐으으… 이놈…….."

소호의 두 눈에서 눈물과 함께 시퍼런 원한의 불길이 이글거리며 뿜어졌다.

그녀는 이성을 잃었다. 인체에서 가장 약한 것이 정신이다. 제아무리 고강한 절학을 지녔더라도 정신이 제 역할을 하지 못하면 그것으로 끝장이다.

휘익!

"죽어라, 이놈!"

소호는 두 발로 힘껏 땅을 박차고 머리로, 아니, 온몸으로 진검룡에게 부딪쳐 가면서 악다구니를 썼다.

앞뒤 가리지 않고 쏘아오는 소호를 쳐다보는 진검룡의 두 눈에서 흐릿하게 살기가 번뜩였다.

그러나 그는 살심을 누그러뜨렸다. 아직은 그녀를 죽일 때가 아니기 때문이다.

휘리릭!

그가 잡고 있던 주작신편의 끝을 가볍게 휘두르자 채찍이 구불구불하면서도 빠르게 쏘아 나가 순식간에 소호의 몸뚱이를 칭칭 묶어버렸다.

쿵!

그녀는 자신의 주작신편에 꽁꽁 묶여서 땅에 둔탁하게 떨어져 뒹굴다가 바락바락 악을 썼다.

"이놈, 진검룡! 어서 나를 죽여라—!"

주작신편은 도검에 공력을 주입해서 힘껏 내려쳐도 끄떡하지 않는 신병이기(神兵利器)다. 그것에 묶인 그녀는 꼼짝도 하지 못하고 진검룡이 보이지도 않는데 목에 핏대를 세우고 피를 토하듯이 울부짖었다.

그즈음의 남작편수들은 고작 사십여 명밖에 남아 있지 않은 상황이었다.

그들은 간신히 남작편을 꺼내 들고 미친 듯이 휘두르면서 실로 처절하게 싸우고 있었다.

하지만 경혼조와 경혼검대 삼백여 명을 상대로는 싸움 자체가 성립되지 않았다.

워낙 격차가 심한 탓에 남작편수들은 적을 죽이는 것은 꿈도 꾸지 못하고 쏟아지는 공격을 막고 피하기에 급급하다가 허무하게 죽어가고 있었다.

그러는 와중에 느닷없이 자신들의 우두머리인 소호의 처절한 절규가 들려오자 큰 충격을 받고 아예 전의를 상실해 버리고 말았다.

이 싸움에서 가장 놀라운 일은 경혼조원들의 무공이 예상했던 것 이상이라는 사실이었다.

경혼조원 중에서 미미와 단은한, 조제, 주록, 와평, 동풍, 장관웅의 무공은 경혼검대와 비슷한 수준으로 급성장했다.

그러나 부상쾌나 훈용강, 낭랑, 무악, 사도풍, 증혜, 주소영, 고선 등의 무공은 실로 발군이라서 경혼검대의 평균 수준을 훨씬 뛰어넘었다.

그로 미루어 지난 일 년 반 동안 경혼조원들이 얼마나 혹독하게 무공 연마를 했는지 짐작할 수가 있었다.

경혼조원들과 경혼검수들은 입을 꾹 다문 채 묵묵히 도검을 휘둘러 남작편수들을 주살했다.

그러나 수적으로도 현격하게 열세인 남작편수들은 아무도 항복하지 않고 마지막 한 명이 남을 때까지 저항했다.

고함을 지르면서 싸우기를 좋아하는 낭랑과 고선도 이번만큼은 입을 꾹 다문 채 핏발 선 눈을 부릅뜨고는 적들을 죽이고 또 죽였다. 원한이 깊고 분노가 높았기 때문이다.

진검룡은 싸움에 가담하지 않고 경혼조와 경혼검대가 싸우는 광경을 묵묵히 지켜보았다. 그러면서 그들의 실력을 냉정하게 객관적으로 평가하고 있었다.

"주군, 끝났습니다."

이윽고 귀혼이 진검룡 앞으로 다가와 공손히 허리를 굽히며 보고했다.

진검룡이 비스듬히 먼 밤하늘로 시선을 옮기자 귀혼의 보고가 이어졌다.

"남작편수 백 명 전원 주살했으며, 우리 쪽 피해는 부상 십칠 명입니다. 하지만 부상 정도는 심하지 않습니다."

"으드득… 귀혼… 이놈……."

그때 땅에 쓰러져 있는 소호가 귀혼의 목소리를 알아듣고

이를 갈며 중얼거렸다.

그녀는 진검룡과 귀혼이 있는 방향으로 돌아누우려고 몸을 꿈틀거렸으나 뜻대로 되지 않자 씨근거리면서 욕설을 퍼부었다.

"진검룡, 이놈아! 양팔을 잘라서 이토록 치욕을 보이다니, 그리고도 네놈이 정인군자냐?"

그 말에 진검룡은 가만히 있는데 귀혼이 발끈하여 천천히 걸어가서 발끝으로 그녀의 몸을 뒤집어 똑바로 눕혔다.

이어서 당장에라도 갈아 마시겠다는 듯 이글거리는 눈빛으로 굽어보며 어금니를 악물었다.

"친구를 배신하고 육백여 명의 청룡검수 동료들과 총신계, 그리고 관병 사만여 명을 죽게 만든 네년이 예뻐서 살려두는 줄 아느냐?"

쿡!

"흑……."

귀혼은 발을 들어 그녀의 얼굴을 지그시 밟아서 비비듯이 문질렀다.

"네년에게서 무창총부에 대해서 몇 가지 사실을 알아내면 살려달라고 빌어도 껍질을 벗기고 온몸을 도막 내서 들개 밥으로 던져 줄 것이다."

우두둑… 뚜둑.

"크으으……."

코뼈와 이빨이 마구 부러지자 소호는 짓이기는 듯한 신음을 토해냈다.

귀혼이 발을 떼자 소호의 코와 입은 피투성이가 되었다. 그녀는 악귀 같은 모습으로 귀혼을 쏘아보면서 욕을 퍼부으려다가 흠칫했다.

경혼조원과 경혼검수들이 꾸역꾸역 모여들어 자신을 경멸과 원한의 눈빛으로 굽어보는 것을 발견한 것이다.

"퉤엣! 더러운 년!"

"카악! 퉤엣! 지옥으로 떨어져라!"

그때 누군가 소호에게 침을 뱉으면서 욕을 퍼붓자 뒤이어 경혼조원들과 경혼검수 모두가 차례로 그녀의 얼굴에 침을 뱉기 시작했다.

第七十五章
죽어도 여한이 없다

동틀 녘의 구궁신문.

장문인 창허자의 거처에는 무당장교 태현 진인과 창허자 두 사람만 탁자에 마주 보는 자세로 앉아 있다.

두 명의 노도사(老道師)는 서찰 쓰기도 하지 않고, 찻잔의 차가 이미 식은 줄도 모르는 듯 초조한 표정으로 각기 방문과 창을 바라보고 있었다.

이들은 진검룡을 기다리고 있는 중이었다. 그가 과연 소호와 백 명의 남작편수들을 죽이고 돌아올 것인지 그 결과를 기다리느라 피가 마를 지경이었다.

어제 진검룡이 경고를 하고 다녀간 직후에 태현 진인과 사제, 제자는 급히 다른 곳으로 피했고, 써둔 서찰들은 은밀한 곳에 감추었다.

이후 이각쯤 지났을 때 과연 남작편신 소호가 백 명의 남작 편수들을 이끌고 들이닥쳤다.

그녀는 태현 진인을 보기라도 한 것처럼 그를 내놓으라고 창허자를 닦달했고, 창허자는 당연히 아무것도 모르는 양 잡아떼었다.

소호는 자신이 직접 수하들을 이끌고 구궁신문 곳곳을 샅샅이 뒤졌으나 태현 진인은커녕 흔적조차 발견하지 못하고는 어깨를 늘어뜨린 채 떠났었다.

만약 진검룡이 미리 경고를 해주지 않았다면 태현 진인과 사제, 제자는 천하 각지로 보낼 서찰을 쓰고 있는 현장을 꼼짝하지 못하고 발각당했을 것이다.

그뿐만이 아니다. 소호는 태현 진인을 빌미 삼아서 구궁신문을 멸문시켰을 것이고, 이후 천의맹은 무당파까지도 멸문시키려 들었을 것이다.

지금껏 천의맹이 무림에 한 짓을 봤을 때 충분히 그러고도 남음이 있다. 그러므로 진검룡이 무당파와 구궁신문을 구한 것이다.

"장문인."

그때 문밖에서 조용한 목소리가 들렸다. 애타게 기다리고 있던 진검룡의 목소리였다.

태현 진인과 창허자는 동시에 자리를 박차고 일어나 문으로 달려가서 벌컥 열었다.

문밖에는 진검룡이 어제 봤던 모습과 다름없이 우뚝 서 있었다.

대화는 일각 만에 끝났다. 아니, 결렬됐다.

태현 진인과 창허자가 번갈아가면서 진검룡에게 열성적으로 설명한 바에 의하면, 천의맹의 폭거에 대항하기 위해서 무당파와 소림사가 주축이 되어 천하의 뜻있는 무림동도들을 규합한다는 것이었다.

그러기 위해서 무당파가 천여 개의 방, 문파와 이천여 명의 이름있는 무림고수들에게 삼천여 통의 서찰을 보내고, 소림사 역시 비슷한 수의 방, 문파와 무림고수들에게 서찰을 보내기로 계획했다.

현재 천하의 무림인들은 천의맹에 엄청난 불만과 원한을 품고 있으므로 무당파와 소림사의 서찰을 받게 될 방, 문파와 무림고수들 대다수가 기꺼이 동참하리라고 봤다.

그렇게 하면 최소한 총 이십만의 무림인들을 모을 수 있으며, 그 정도면 능히 천의맹 무창총부를 괴멸시킬 수 있다는 것이 무당파와 소림사, 그리고 그 두 문파를 지지하고 있는 몇몇 문파들의 확신이라는 것이다.

태현 진인은 진검룡에게 새로 조직하게 될 가칭 군웅맹(群

雄盟)의 맹주가 되어달라고 간곡하게 부탁했다.

그때까지 묵묵히 두 사람의 설명을 듣고만 있던 진검룡은 일언지하에 거절했다.

거절 이유는 한 가지고 또한 간단명료했다.

"요행히 군웅맹이 천의맹을 괴멸시킨다고 칩시다. 하면, 그 후에 군웅맹이 제이의 천의맹이 되지 않는다고 누가 보장할 수 있소?"

그 말에 태현 진인과 창허자는 아무 대꾸도 하지 못했다. 진검룡의 말은 충분히 일리가 있기 때문이다. 아니, 그럴 가능성이 십 할이다. 말하자면 측간 들어갈 때하고 나올 때 심정이 다르다는 뜻이다.

대화가 결렬되고 잠시 어색한 시간이 흐르자 진검룡이 불쑥 대안을 제시했다.

"팔대문파에서 최대한 많은 고수들을 무창성에 집결시키는 데 얼마나 걸릴 것 같소?"

뜬금없는 질문이지만 태현 진인은 그가 그렇게 묻는 데에는 그럴 만한 이유가 있을 것이라 생각했다.

"꼭 팔대문파여야만 하오?"

원래는 구대문파였으나 아미파가 혈마련과 천의맹에게 각각 멸문을 당하고는 팔대문파만 남았다.

"더 있소?"

"지금 현재 본 파와 소림사와 뜻을 함께하고 있는 문파는

모두 사십오 개요. 그들이 군웅맹의 모태(母胎)가 될 예정이
었소."

태현 진인은 그렇게 말하면서 창허자를 쳐다보았다. 말인
즉, 구궁신문 같은 문파를 가리키는 것이었다.

"사십오 개 문파 전원이 움직일 수는 없소. 사십오 개 문파
모두가 감시를 당하고 있으므로 문파에서 수십 명이 빠져나
가는 것조차도 위험한 상황이오."

태현 진인이 씁쓸한 표정으로 고개를 가로젓자 진검룡은
무심한 얼굴로 대꾸했다.

"전원이 움직여도 상관없소."

"무슨 뜻이오?"

태현 진인과 창허자는 적잖이 놀라는 표정을 지었다.

"사십오 개 문파를 감시하고 있는 천의맹 놈들에게 발각돼
도 상관없다는 뜻이오."

"어… 째서 그렇소?"

"이번에 천의맹을 괴멸시켜 버리면 보복 따윈 하지 못할
테니까 말이오."

"아……."

그 말에 태현 진인과 창허자의 얼굴 기득 극도의 놀라움이
떠올랐다.

사십오 개 문파 전체가 한꺼번에 이동하여 무창성에 집결
해서 천의맹 무창총부를 총공격, 일패도지(一敗塗地)시켜야만

한다는 것이다.

즉, 천의맹을 필멸(必滅)시키지 못하면 사십오 개 문파들이 필사(必死)하게 된다.

태현 진인과 창허자는 한동안 입을 열지 못했다. 너무도 큰 충격을 받았기 때문이다.

천하무림의 이천여 방, 문파와 사천여 무림고수들을 규합한 이른바 군웅맹이 천의맹을 공격하여 괴멸시킨다면 군웅맹이 제이의 천의맹이 될 가능성이 농후하다.

하지만 팔대문파를 비롯한 사십오 개 문파들은 대부분 도가와 불문의 문파들이므로 천의맹을 괴멸시키고 나면 제각기 자파로 돌아가서 원래의 일상으로 복귀하거나 피해를 복구하는 데 전념할 것이라는 게 진검룡의 생각인 것이다.

그는 천의맹을 괴멸시키는 것만이 아니라 그 이후의 상황까지 염두에 두고 있는 것이다.

너무도 엄청난 제안에 태현 진인은 한참이나 아무 말도 못하더니 이윽고 억눌린 듯한 목소리로 입을 열었다.

"음. 이 문제는 빈도 혼자 결정할 수 없으니 소림 장문인 혜각 선사와 상의해 봐야겠소."

"그럴 여유가 없소."

진검룡이 딱 잘랐다.

"그럼 언제까지 무창성에 집결하면 되오?"

태현 진인은 만 근 바위가 머리를 짓누르고 있는 듯한 압박

감을 느꼈다.

혜각 선사하고 상의할 여유가 없다면 이 일은 그 혼자서 결정해야 하기 때문이다.

"귀혼."

진검룡이 조용히 중얼거리자 문이 열리고 귀혼이 들어서더니 진검룡과 태현 진인, 창허자가 앉아 있는 탁자 쪽으로 빠르게 다가와 허리를 굽혔다.

"하명하십시오."

태현 진인과 창허자는 귀혼을 보면서 놀라움을 금치 못했다. 그가 과거 청룡검대의 부대주인 청룡삼혼의 한 명이라는 사실을 알기 때문이다.

"마지막 식품 공급일이 언제냐?"

"엿새 후 해시(밤 10시)입니다."

천의맹 무창총부는 자신들에게 갖가지 물품을 공급하는 여러 상단들하고 딱 한 달만 거래를 하는 것을 규칙으로 삼고 있다.

오래 거래를 할 경우에 야기될는지 모를 폐단들을 미연에 방지하기 위해서다. 즉, 물이 오래 고여 있으면 썩는다는 뜻이다.

그렇기 때문에 진검룡이 매수한 상단도 무창총부에 한 달 동안만 식품을 공급하는데, 그 마지막 날이 엿새 후라는 것이다.

진검룡은 태현 진인을 쳐다보았다.

"엿새 후 자정에 무창총부를 공격하시오."

무조건 공격하라는 말에 태현 진인은 입안이 바싹 탔다.

"진검룡 도우는 어쩌실 계획이오?"

"우리는 엿새 후 해시에 무창총부에 잠입하여 맹주 이하 우두머리들을 죽일 것이오."

"음……."

엄청난 충격이 태현 진인과 창허자를 휩쓸었다. 그러나 그 말이 절대자 진검룡의 입에서 나왔기 때문에 추호도 반박하거나 이견을 말할 수가 없었다.

슥—

진검룡이 일어서며 말했다.

"무당파를 비롯한 사십오 개 문파가 오든 오지 않든 우린 계획대로 진행할 것이오."

그 말을 듣고 태현 진인은 진검룡의 계획을 깨달았다. 그는 천의맹 맹주 천의봉후 백소운과 혈우당 당주 천추검제 유운학, 그리고 천의맹을 이끌어가는 핵심 우두머리들을 죽이려는 것이다.

만약 그 계획이 성공한다면 천의맹은 큰 혼란에 휩싸여서 자중지란에 빠지게 될 것이다.

그렇더라도 금세 붕괴하지는 않을 것이다. 단지 천의맹 내의 혼란이 꽤 오랫동안 지속되면 무림은 더 큰 혼란에 빠질 위험이 있다.

그러므로 무당파와 소림사를 비롯한 사십오 개 문파가 일거에 천의맹을 공격하여 우두머리들을 잃은 잔당들을 정리해야 하는 것이다.

태현 진인과 창허자는 한바탕 태풍을 불러일으키고는 홀연히 떠나가는 진검룡의 뒷모습을 복잡한 표정으로 지켜볼 뿐 입을 열지 못했다.

그러나 화살은 이미 시위를 떠났다. 무당파와 소림사를 비롯한 사십오 개 문파가 보름 후에 천의맹 무창총부를 공격하든 하지 않든 진검룡은 자신의 계획을 결행을 것이다. 운명의 수레바퀴는 지금부터 구르기 시작했다.

귀혼이 문을 열어주고 진검룡이 막 그 문을 통해서 나가려고 할 때 등 뒤에서 태현 진인의 진중한 말이 들려왔다.

"진검룡 도우, 꼭 가겠소. 다른 문파들이 거부한다면 무당파만이라도 반드시 가겠소."

*   *   *

"남작신왕 소호와 남작편대 제일대가 사흘째 귀환하지 않고 있습니다."

늘어선 세 명 중에서 우측의 한 명이 정면을 향해 공손히 허리를 굽히며 보고했다.

"마지막으로 보고한 것이 언제고 또 어디였나요?"

정면에서 한 명의 선녀처럼 아름다운 소녀가 수반에 꽃을 꽂는 일에 열중하면서 고운 옥음으로 물었다. 천의맹주인 천의봉후 백소운이다.

방금 보고했던 북현신왕이 재차 대답했다.

"남작신왕은 무당장교 태현 진인이 구궁신문에서 모의를 하고 있다는 정보를 입수하고 사흘 전에 남작편대 제일대를 이끌고 무창총부를 출발하여 그 다음날 구궁신문에 도착했습니다. 그러나 정보가 잘못됐다는 사실을 확인하고 그 사실을 무창총부에 전서구로 알린 직후 귀환 길에 올랐습니다만 이후 소식이 끊어지고 행적이 묘연해졌습니다."

시립한 자세로 늘어서 있는 세 명은 동룡신왕과 서호신왕, 북현신왕이다.

북현신왕이 보고하고 있는 동안 동룡신왕과 서호신왕은 부동자세로 꼿꼿하게 서 있었다.

똑.

백소운은 가위로 꽃의 밑동을 자르며 잔잔한 목소리로 명령했다.

"무당장교 태현 진인과 구궁신문 장문인 창허자를 잡아들이도록 하세요."

태현 진인과 창허자를 마치 마을의 개 두 마리를 잡으라는 식으로 아무렇지 않게 명령하고 있다.

"동룡신왕과 북현신왕이 동룡검대와 북현창대 전원을 이끌고 가도록 하세요."

무당파가 태현 진인을, 그리고 구궁신문이 창허자를 순순히 내줄 리가 없다. 필경 멸문을 불사하고 저항할 것이다.

그러므로 백소운의 뜻은, 동룡검대 삼천 명과 북현창대 삼천 명, 도합 육천 명을 이끌고 가서 무당파와 구궁신문이 저항할 경우에 두 문파를 멸문시키라는 것이다.

백소운은 남작신왕 소호가 구궁신문에 태현 진인이 있다는 정보를 입수하고 출동했다가 허탕을 쳤다는 자체를 이상하게 생각했다.

그런데 허탕을 치고 귀환하던 소호와 남작편대 제일대 백 명이 감쪽같이 증발해 버렸다.

그러므로 그것이 무당파와 구궁신문의 소행일 것이라고 짐작하는 것이 제일감(第一感)인데, 백소운은 자신의 감각을 신용하는 편이었다.

"명을 받듭니다."

동룡신왕과 북현신왕이 공손히 허리를 굽히고 나서 몸을 돌려 걸어나갔다.

그런데도 서호신왕, 즉 독고무헌은 그 자리에 서서 복잡한 표정으로 고개를 갸웃거리고 있었다.

그러자 백소운이 꼿꼿이를 하면서 온화하게 말했다.

"무헌 가가께선 소녀에게 할 말이 있으신가요?"

이곳은 평범한 장원의 내실처럼 지나칠 정도로 아담했다. 백소운 옆의 열어놓은 창밖으로는 아담하지만 갖가지 꽃들이 흐드러지게 핀 정원이 내다보였다.

대천의맹의 맹주가 기거한다고는 믿어지지 않을 정도로 아담하고 검박한 곳이다.

"속하의 소견으로는 남작신왕과 제일대의 일이 태현 진인 하고는 무관한 것 같습니다만."

백소운은 꽃꽂이를 멈추고 독고무헌을 보며 방그레 상냥한 미소를 지었다.

"우리 둘이 있을 때에는 편하게 말씀하세요."

"운매, 태현 진인은 그런 짓을 저지를 만큼 바보가 아냐. 더구나 소호와 남작편대 제일대 정도의 위력이면 무당파 전체 전력의 절반하고 맞먹을 정도야. 그렇지만 무당검수들이 대거 무당산에서 벗어났다는 보고는 없었어."

"확실히 그런 보고는 없었어요."

"그렇다고 구궁신문이 소호와 제일대에게 무슨 짓을 했다고는 볼 수가 없어. 구궁신문은 그럴 만한 능력이 없거든."

독고무헌은 꽃꽂이에 열중하고 있는 백소운을 보면서 계속 말을 할까 말까 망설였다.

이 정도 말을 하면 백소운이 알아들었을 것이라고 생각하지만 그래도 꼭 집어서 말하지 않으면 돌아가고 나서 후회할 것 같았다.

"내 견해로는 다른 방향으로 생각해야 할 것 같아."

"어떻게 말이죠?"

"검룡."

싹뚝.

가위로 꽃을 자르던 백소운의 동작이 멈췄다. 가위는 엉뚱한 부분을 잘라 버렸다.

독고무헌은 아차! 싶었다. 무슨 일이든지 흔들림이 없는 백소운이 저 정도로 충격을 받을 줄은 몰랐다.

백소운은 잘못 자른 꽃을 옆에 내려놓고 새 꽃대를 집어들며 조용히 말했다.

"계속 말씀해 보세요."

너무 긴장한 탓에 마른침을 삼키느라 독고무헌의 목젖이 꿈틀했다.

그는 백소운의 진짜 성격과 본모습을 잘 알기 때문에 그녀를 두려워하고 있었다.

천하에서 그녀를 두려워하지 않는 사람은 아마도 진검룡과 그녀의 사부, 두 사람뿐일 것이다.

그러나 어차피 내친걸음이다. 지금 물러나면 얘기를 꺼내지 않은 것만 못하게 된다.

"만약 검룡이 살아 있다면……."

"검룡 가가는 죽었어요."

백소운이 단호하게 말을 자르자 독고무헌은 묵묵히 서 있다가 공손히 허리를 굽혔다.

"알겠습니다."

다시 수하로 돌아간 것이다.

그는 무슨 말을 해도 백소운 귀에는 들리지 않는다는 사실을 깨달았다.

총신계 사건 이후 진검룡에 대해서 말을 꺼내는 것은 금기 사항이었다.

백소운이 가장 사랑했던 사람이 진검룡이라는 사실을 모두들 잘 알고 있기 때문이다.

천하를 혈우당의 방식으로 정화하는 데 있어서 진검룡은 최대의 걸림돌이고 눈엣가시였다.

반대로 그를 포섭했으면 천군만마를 얻는 것보다 더한 이득이었겠으나 결과적으로는 그렇지 못했다. 그것은 천군만마보다 더한 적을 만들었다는 결과를 낳았다.

그래서 그를 제거할 수밖에 없었다. 제거하기 위해서는 명분이 필요했다.

진검룡을 천의맹에서 내치는 데에는 음모가 필요했지만, 백소운의 마음속에서 몰아내는 데에는 그럴싸한 명분, 즉 백소운 자신을 기만할 필요가 있었다.

그래서 그녀는 만취 상태에서 스스로의 몸을 독고무헌에게 내던져서 일부러 더럽혔다.

다른 남자에게 더럽혀진 몸으로는 더 이상 진검룡을 사랑할 수 없기 때문이다.

그녀는 그 사실을 진검룡에게 고백하고, 그를 마음속에서 몰아낼 명분을 만들었다.

독고무헌에게 순결을 바친 날 그녀는 숨이 끊어질 것처럼 서럽게 울었다.

그 광경을 독고무헌은 아직도 방금 전의 일처럼 생생하게 기억하고 있었다.

그런 진검룡을 백소운은 운남성으로 유배를 보내듯이 쫓아냈으며, 결국에는 거기까지 쫓아가서 죽여 버렸다.

그러므로 그녀로서는 진검룡에 대한 것이라면 어떤 것이라도 기억하고 싶지 않으리라. 정겹고 아름다운 추억들이 훨씬 더 많았으나, 그보다는 더럽고 추악한 기억이 더 강렬하기 때문이다.

독고무헌은 꽃꽂이를 하고 있는 백소운을 물끄러미 바라보았다. 진검룡이 죽고 나서 새로 갖게 된 꽃꽂이 취미다.

그런데 조금 전에 진검룡 얘기가 나온 이후 그녀는 꽃가지를 잘못 자르는가 하면 수반의 엉뚱한 곳에 꽂기도 해서 모양이 점점 이상하게 변하고 있었다. 더구나 손까지 가늘게 떨리고 있다.

다시 수하로 돌아간 독고무헌은 공손히 허리를 굽히고는 돌아서 나오면서 남몰래 한숨을 내쉬었다.

천의맹 무창총부에서 동룡검대와 북현창대 육천여 명을

빼내면 핵심 전력의 절반 이상이 빠져나가는 것이다.

만약 독고무헌의 한 가닥 기우가 맞아떨어져서 정말 진검룡이 그 기회를 노려 무창총부를 공격한다면, 그 결과는 예상할 수조차도 없다.

독고무헌은 그렇지 않을 가능성이 구 할 구 푼이고, 그럴 수 있는 가능성이 일 푼인데도 왠지 자꾸만 일 푼에 마음이 쓰였다.

*   *   *

무창성 은퇴한 학자의 장원인 청풍원에는 열다섯 채의 크고 작은 전각들이 있으며, 그중 후원 쪽의 두 채를 진검룡 일행이 사용하고 있었다.

한 채에는 진검룡과 경혼조원들이, 그리고 다른 한 채에는 귀혼과 경혼검대의 몇몇 검수들, 그리고 전령들이 기거하고 있었다.

"사부님."

차를 마시면서 창밖을 바라보고 있는 진검룡 옆에 다소곳이 앉아 있는 주소영이 조그만 목소리로 불렀다.

진검룡이 돌아보자 그녀는 몹시 망설이는 듯하다가 용기를 내서 말했다.

"저희 다섯 명의 여자들 중에서 끝까지 살아남는 사람의 소원을 사부님께서 들어주시겠다고 약속하셨잖아요."

진검룡은 대답 대신 가볍게 고개를 끄덕였다.

"저희들이 무슨 소원을 말할 것인지 짐작하시겠어요?"

그렇게 묻는 주소영의 눈이 유난히 반짝거렸다.

"글쎄……."

"정말 모르시겠어요?"

"알 것도 같다."

"뭔데요?"

주소영은 진검룡에게 더욱 바짝 기댔다.

"내 여자가 되겠다는 것 아니냐?"

짝!

"맞아요! 어떻게 아셨어요?"

주소영은 손뼉을 치며 기뻐서 소리쳤다.

그녀는 한껏 들뜬 마음으로 진검룡을 올려다보면서 물었
다.

"그 약속 지키실 건가요?"

"물론이다."

"저도 가능한가요?"

주소영은 그렇게 말하고는 진검룡의 사타구니 쪽을 힐끗
쳐다보았다.

자신이 끝까지 살아남으면 말처럼 커다란 진검룡의 음경
에 찔릴 것이라는 생각이 들어서 기묘한 기분에 휩싸였다.

그때 문이 열리고 귀혼이 들어섰다. 그는 평소하고는 달리 격앙된 표정이다.

"주군."

주소영은 중요한 순간에 귀혼이 들어왔기 때문에 발딱 일어나서 그를 하얗게 흘겨보았다.

"귀혼! 지금 사부님하고 얘기 중인 것 안 보여?"

진검룡이 경혼조원들을 각별하게 여기기 때문에 귀혼은 그들에게 무례하게 굴지 않는다.

더구나 진검룡의 제자인 주소영과 무악, 미미에겐 더욱 신경을 쓰는 편이었다.

하지만 주소영이 발끈 소리를 지르는데도 귀혼은 그녀를 쳐다보지도 않고 진검룡에게 다가와 공손히 말했다.

"사혼이 살아 있습니다."

귀혼은 진검룡의 얼굴에 가벼운 놀라움에 이어서 흐릿한 기쁨이 떠오르는 것을 보면서 계속 말했다.

"악양성(岳陽城) 근처에 있다고 합니다."

"무사했구나."

귀혼은 착잡한 표정을 지었다.

"그러나 사혼을 데려올 수 없는 상황입니다."

"위중한 것이냐?"

"그렇습니다. 이삼 일을 넘기지 못할 것이라고 합니다."

진검룡은 군이 묻지 않아도 사혼이 왜 그 지경이 됐는지 짐작할 수 있었다.

일 년 반 전에 그가 소호와 백소운에게 연이어서 중상을 당하고 사경을 헤맬 때 귀혼이 그를 안고 도주를 했었다.

낭랑과 부상쾌의 안내로 경혼각으로 도주하고 있을 때 백소운이 바짝 추격하고 있었고, 사혼이 시간을 벌기 위해서 몸을 돌려 백소운을 가로막았었다.

그때 귀혼은 백소운이 발출한 장력에 사혼이 적중당하는 소리와 그녀가 내지르는 처절한 비명 소리를 들었다.

그때부터 모두들 사혼이 죽었을 것이라고 여겼는데 그녀가 살아 있다는 것이다.

그러나 천행으로 살아났어도 백소운의 장력을 정통으로 적중당했으므로 목숨만 겨우 부지한 상태에서 지난 일 년 반 동안을 견뎌왔을 것이다. 그리고 그것이 이제 마지막 한계에 이르렀을 것이다.

주소영은 사혼이 누군지 잘 알고 있었다. 그녀를 본 적은 없으나 주군을 위해서 자신의 목숨을 초개처럼 내던진 그녀의 충성스러운 희생은 경혼조원 모두의 귀감이 되었다.

그래서 경혼조원들은 앞으로 진검룡이 위기에 처하는 일이 생기면 자신들도 사혼처럼 행동하겠다고 마음속으로 수없이 맹세했었다.

"가자."

진검룡은 생각할 것도 없다는 듯 벌떡 일어나 문 쪽으로 성큼성큼 걸어갔다.

귀혼과 주소영은 깜짝 놀랐으나 가슴이 뭉클해져서 뿌듯한 마음으로 진검룡의 뒷모습을 바라보았다.

지금 죽어가고 있는 사혼은, 미래의 귀혼과 주소영일 수도 있는 일이다.

이곳 무창성에서 악양성까지는 칠백여 리 거리다. 왕복 천사백여 리 길이라면 진검룡이 전력으로 경공을 전개한다고 해도 꼬박 이틀 이상은 걸릴 것이다.

진검룡은 사흘 후 해시에 무창총부에 잠입하여 급습한다는 치밀한 계획을 세워놓았다.

그런데 만약 사흘 후 해시까지 돌아오지 못한다면 계획은 수포로 돌아가고 만다.

아니, 돌아온다고 해도 공력을 많이 허비했을 것이기 때문에 계획에 큰 차질을 빚게 될 것이다.

복수와 무림의 평화라는 거대한 목표와 견주었을 때 죽어가는 사혼이라는 존재는 극히 미미할 수도 있다.

그런데도 진검룡은 사혼을 보러 가겠다고 한다. 진검룡에게는 뜨거운 피가 흐르고 있기 때문이다.

악양성 밖 동정호 변에는 악취가 진동하는 빈민촌이 자리를 잡고 있다.

빈민촌에는 온갖 부류가 살고 있으며, 그들의 공통점은 단

한 가지다.

찢어지게 가난하다는 것이다. 그래서 집을 사거나 빌릴 수 없기 때문에 이곳으로 흘러들어 와 거적으로 움막을 짓고는 동정호에서의 고기잡이나 악양성에서의 비럭질, 갖가지 허드렛일을 해서 근근이 입에 풀칠을 하고 있었다.

이곳에서도 강자와 약자가 존재한다. 강자는 물가에서 멀리 떨어진 야트막한 언덕에 움막을 지었고, 약자의 움막은 물가에 게딱지처럼 다닥다닥 붙어 있다.

동정호에는 수많은 강이 흘러들고 또 수심이 얕기 때문에 비가 조금만 많이 와도 수위가 빠르게 올라가서 물가의 움막들은 곧잘 물에 잠기곤 한다.

옹색하고 악취 풍기는 빈민촌의 풍경하고는 달리 동정호에 아름다운 낙조가 가득 드리워졌다.

평범한 행색의 한 사내가 빈민촌으로 성큼성큼 걸어 들어오더니 이곳저곳의 움막을 기웃거렸다.

그는 빈민촌에 사는 사람들하고는 확연하게 구분이 가는 옷차림에 헌칠한 체구를 지녔다. 한눈에도 이곳 사람이 아니라는 것을 알 수가 있었다.

그는 이십여 개의 움막을 뒤지고 나서는 그 자리에 우뚝 서서 빈민촌을 둘러보았다.

누군가를 찾는 듯한데 이곳에 있는 오백여 개의 움막을 다

뒤지려면 날이 저물고 말 것이다.

그는 우뚝 선 채 빈민촌을 천천히 둘러보고 나서 우렁찬 목소리로 외쳤다.

"사혼! 어디에 있느냐?"

그 외침에 수백 개의 움막에서 거지꼴을 한 사람들이 꾸역꾸역 나와서 사내를 쳐다보았다.

그러나 사내는 아랑곳하지 않고 다시 한 번 더 크게 외쳤다.

"사혼! 내가 왔다! 어디에 있느냐?"

사내 진검룡은 무창성 청풍장을 떠나 무려 여덟 시진 동안 잠시도 쉬지 않고 달려서 방금 이곳에 도착했다.

그는 두 번의 외침을 터뜨리고 나서 주위를 둘러보았다.

가슴이 저렸다. 이런 곳에서 사혼이 지난 일 년 반 동안 중상을 입은 몸으로 벌레처럼 꿈틀거리면서 목숨을 이어왔다는 사실 때문이다.

그때 그의 시선이 급히 한곳으로 향했다. 그에게서 삼십여 장쯤 떨어진 물가 진흙탕에 지어진 어느 움막에서 꾸물거리면서 기어나오고 있는 어느 한 사람에게 그의 시선이 못 박혔다.

움막에서 기어나온 사람은 거지가 봐도 더럽다고 오만상을 찌푸릴 정도로 남루한 옷차림에 때가 덕지덕지 낀 지저분한 모습을 하고 있었다.

봉두난발의 그는 움막에서 기어나와 비틀거리면서 힘겹게 일어서더니 주위를 두리번거렸다.

그러다가 저만치에 우뚝 서 있는 진검룡을 발견하고는 벼락을 맞은 듯 후드득! 거세게 온몸을 떨었다.

그의 까치 둥우리처럼 헝클어진 머리카락 속의 하나뿐인 눈이 커다랗게 떠지는가 싶더니 급기야 비 오듯이 눈물이 쏟아졌다.

이어서 그는 진검룡을 향해 달리기 시작했다.

절뚝절뚝.

하지만 달리고 싶은 것은 마음뿐이다. 다리가 하나밖에 없기 때문에, 때 묻은 지팡이를 의지한 채 달린다는 것은 차라리 걷는 것보다도 느렸다.

"으헉!"

퍽!

마음만 급하고 지팡이질은 제대로 되지 않자 그는 앞으로 엎어져 진흙땅에 나뒹굴었다.

그러나 그는 일어나려고 사력을 다해서 버둥거렸다. 일어나다가, 그리고 뒤뚱거리며 가다가 오늘 죽어도 좋으니까 저기 서서 기다리고 있는 사람 앞에 가서 예를 취해야만 하기 때문이다.

그때 한달음에 달려온 진검룡이 두 손을 뻗어 그의 어깨를 잡고 가볍게 일으켜 세웠다.

지팡이를 놓친 애꾸눈 사내는 하나뿐인 다리가 허공에 뜬 채 헝클어진 머리카락 사이로, 쏟아지는 눈물 너머로 진검룡을 바라보며 감격과 환희에 가득 찬 표정을 지었다.

"주, 주군……."

진검룡의 두 눈에도 부옇게 이슬이 서렸다.

"전성(全星)!"

"주군……."

"이놈! 살아 있었구나……."

와락!

진검룡은 애꾸눈 전성을 가슴에 깊이 끌어안았다.

일 년 반 전까지만 해도 모든 무림인들이 부러워하는 천의 맹 청룡검대의 검수였던 늠름한 사내는 전성이라는 이름을 갖고 있었다.

"끄으으……."

전성은 진검룡의 가슴에 얼굴을 묻고 터져 나오려는 울음을 참으려고 안간힘을 썼다.

움막에서 나온 수많은 사람들이 지켜보고 있었으나 진검룡은 추호도 개의치 않고 끌어안은 전성의 등을 부드럽게 토닥였다.

"미안하구나. 용서해라……."

"크흐흑… 아, 아닙니다, 주군……. 속하는… 으흐엉!"

울음을 참으려고 애쓰던 전성은 결국 어린아이처럼 목 놓아서 울어버리고 말았다.

그는 조금 전까지만 해도 죽기 전에 주군을 만날 수 없을 것이라고, 이곳에서 벌레처럼 꿈틀거리다가 언젠가 죽어서 쓰레기처럼 버려질 것이라고 생각하고 있었다.

그러나 이제 꿈을 이루었다. 생전에는 실현될 수 없을 것 같았던 가느다란 꿈을 마침내 이루었으니 이제는 죽어도 여한이 없었다.

진검룡은 그가 실컷 울도록 내버려 두었다. 하지만 그의 울음은 그리 길지 않았다.

"주군, 놓아주십시오."

진검룡은 그가 왜 그러는지 안다. 그래서 그를 조심스럽게 땅에 내려주었다.

전성은 오랜 시간 몹시 힘들어서 진검룡 앞에 무릎을 꿇고 부복하여 이마를 진흙땅에 묻었다.

"속하 전성, 주군을 뵈옵니다."

일 년 반의 멀고도 험한 길을, 그는 이제야 도착했다.

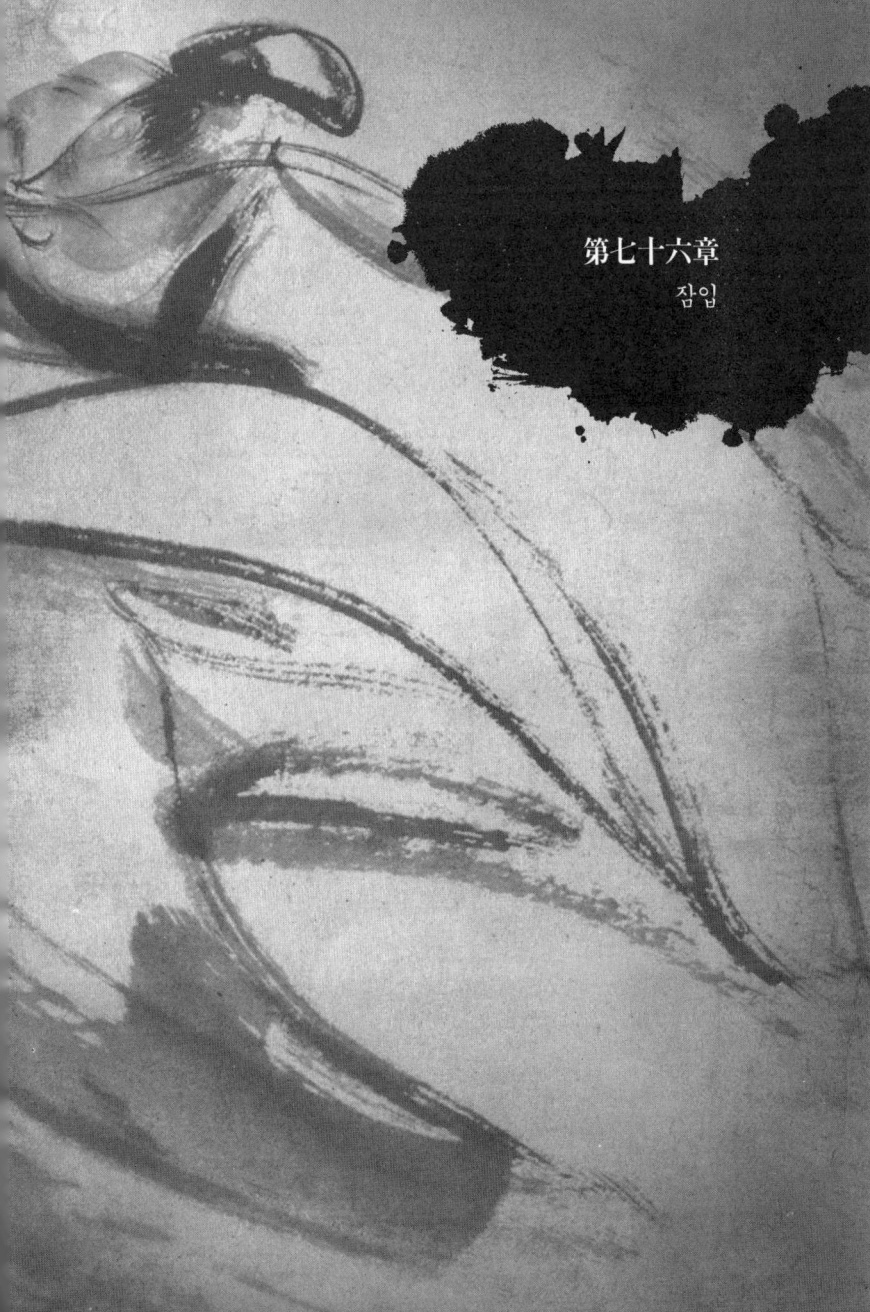

第七十六章
잠입

大
中
原

진검룡이 움막 입구의 거적을 들추자 안에서 역한 냄새가
훅! 끼쳐 나왔다.

　그것이 살과 뼈가 썩고 상처의 고름에서 나는 냄새라는 것
을 그는 즉시 알아차렸다.

　그는 몸을 최대한 낮춰서 움막 안으로 들어갔다. 움막 안은
몹시 좁고 낮아서 앉아도 머리가 닿을 정도고, 두 사람이 누
우면 빈 공간이 없을 듯했다.

　한쪽 구석에 깨진 나무 그릇이 두 개 놓여 있으며, 하나의
그릇 안에는 퀴퀴한 냄새를 풍기는 거무스름한 것이 반쯤 담
겨 있었다.

진검룡은 그것이 음식이라는 사실을 잠시 들여다보고서야 깨달을 수 있었다.

개도 먹지 않을 그것은 전성이 지팡이를 의지하여 절룩거리면서 힘겹게 악양성까지 가서 때로는 뭇매를 맞고, 어떤 때는 돌팔매질을 당하면서 비럭질을 하여 얻어온 소중한 음식인 것이다.

조금 넉넉하게 얻어온 날은 다행히도 전성의 몫이 돌아오지만, 그렇지 못한 대부분의 날들은 사혼에게 먹이는 것으로도 모자랐다.

저기 깨진 나무 그릇에 반쯤 담겨 있는 거무스름한 것은 비럭질해 온 동냥 음식이 아니라 전성의 거룩한 정성이고 희생이었다.

진검룡은 가슴이 미어질 것 같아서 나무 그릇에서 시선을 거두고 그 아래에 새카맣게 때에 전 이불이 두루뭉술하게 뭉쳐져 있는 곳을 쳐다보았다.

그때 진검룡 옆에 무릎을 꿇고 있던 전성이 상체를 굽히면서 손을 뻗어 이불을 조심스럽게 걷어냈다.

그러자 그곳에 한 사람, 아니, 시체라고 불러야 마땅할 그 무엇의 모습이 드러났다.

그것은 도저히 사람이라고 볼 수 없는 몰골이었다. 뼈에 가죽만 입혀놓은 모습이 흡사 목내이(木乃伊:미라)를 보는 것 같았다.

진검룡은 핏발 선 눈을 부릅뜨고 어금니를 힘껏 악문 채 목내이를 뚫어지게 쏘아보았다.

그는 그 목내이 같은 것이 사혼일 것이라고 짐작했다. 만약 지금 같은 상황이 아니었다면 이것이 사혼이리라고는 꿈에서도 상상하지 못할 것이다.

올해 이십팔 세가 되었을 사혼은 차갑고 냉혹한 성격이지만 눈부시게 아름다운 미모를 지니고 있었다.

천하의 그 어떤 사내라도 사혼을 두려워하여 감히 눈길조차 마주치지 못했지만, 그녀는 진검룡에게만은 이따금 수줍은 미소를 보이는 순진한 여인이었다.

그랬던 그녀가 죽어가는 진검룡을 살리고 그 대가로 자신은 이런 곳에서 무려 일 년 반 동안이나 고통의 삶을 연명하고 있었던 것이다.

사혼은 눈을 감고 있었다. 숨소리는 들리지 않았으며 손가락 하나 까딱하지 않았다.

아무것도 입지 않은 알몸으로 반듯하게 누워 있었으며, 예전의 풍만했던 젖가슴은 사라지고 납작한 가슴에 거무스름한 유두 두 개가 그곳이 예전에는 젖가슴이 있던 자리라는 것을 가르쳐 주고 있었다.

그런데 그녀의 가슴 한복판이 시커먼 색으로 움푹 꺼져 있었다. 그리고 그 속에서 뭔가 희끗희끗한 것들이 꿈틀거리고 있었다.

셀 수도 없을 정도로 많은 구더기였다. 그것들이 썩어가고 있는 상처 속에서 살과 뼈를 파 먹고 있으며, 시커먼 고름이 질질 흘러내렸다.

아마도 그 부위가 백소운의 장력이 정통으로 적중된 곳일 것이다.

"이 추악한 놈들이 어느새……."

구더기를 발견한 전성이 급히 두 손으로 헤집듯이 마구 잡아냈다.

그러나 썩으면서 고름이 흐르는 곳은 가슴 부위만이 아니었다. 오랫동안 누워 있었기 때문에 바닥에 닿은 부분은 모조리 썩어서 짓물러 있었다.

전성이 수시로 사혼의 몸을 돌려놓지만 워낙 약해빠진 몸이라서 잠시 바닥에 닿기만 하면 짓물러 터지기 일쑤다.

더구나 바닥은 달랑 거적 한 장만 깔려 있을 뿐이라서 그 아래쪽 진흙탕의 물기가 고스란히 스며들어 사혼의 몸을 더욱 빨리 썩게 만들었다.

진검룡은 사혼의 온몸 썩은 곳을 파 먹고 있는 구더기들을 전성과 함께 묵묵히 다 잡아냈다.

이어서 그녀의 손을 들어 올려 맥을 짚어보았다. 무척이나 가느다란 맥이 끊어질 듯이 흐릿하게 잡혔다.

그의 판단으로도 이대로 놔두면 오늘 아니면 내일을 넘기지 못할 것 같았다.

백소운의 일장은 사혼의 가슴을 완전히 짓뭉개 버렸다. 그 상태에서 오랫동안 방치했기 때문에 뼈와 살이 다 썩었고 이제는 내장이 썩고 있는 중이었다.

"속하는… 총신계 싸움 때 도주하라는 잔혼 부대주의 명령을 듣고 적진을 뚫으면서 달리다가 한쪽 눈과 한쪽 다리를 잃었습니다."

옆에 앉은 전성이 마치 죄를 지은 듯한 표정으로 공손히 말문을 열었다.

"가까스로 포위망을 뚫고 도주하던 중에 사혼 부대주께서 가슴에서 피를 흘리며 쓰러져 있는 것을 발견하고 들쳐 업은 채 도주했습니다……."

그는 울지 않으려고 이를 악물고 애쓰면서 어깨를 들먹이며 말을 이었다.

"미친 듯이 북쪽으로만 가려고 했습니다. 그러나 사혼 부대주가 너무 위중해서 더 이상 움직이지 못하고… 이곳에 주저앉고 말았습니다."

진검룡은 착잡한 표정을 지었다.

"너는 무공을 잃었느냐?"

"그… 렇습니다."

"사혼을 살리기 위해서 너의 내공을 모두 그녀에게 주입시켰구나."

"속… 하는……."

총신계 싸움에서 전성이 한쪽 눈을 잃고 한쪽 다리를 잃는 중상을 입었지만, 그것이 과다 출혈 등으로 목숨을 잃을 수는 있을지언정 그것으로는 무공을 잃지 않는다.

그래서 진검룡은 그가 무공을 잃은 이유가 다른 데 있을 것이고, 그것이 사혼 때문일 것이라고 짐작한 것이다.

만약 그가 사혼에게 자신의 내공을 주입하지 않았더라면 그녀는 오래전에 죽었을 것이다.

그의 내공이 그녀의 상처를 치료해 주지는 못했으나 생명을 연장시켜 주는 역할을 했던 것이다.

"고맙다, 전성. 네가 사혼을 살렸구나."

전성은 또다시 눈물이 솟구치는 것을 겨우 참았다.

"하지만… 사혼 부대주는 위독합니다. 소생하지 못하실 것 같습니다."

진검룡은 고개를 끄덕이며 부드러운 미소를 지었다.

"한번 애써보자꾸나."

"……"

진검룡의 말에 전성은 의아한 표정을 지었다. 사혼은 도저히 가망이 없는데 진검룡이 '애써보자' 고 말했기 때문이다.

진검룡은 전성하고 말을 하는 도중에도 사혼의 손목을 잡은 상태에서 부드러운 진기를 주입시키고 있는 중이었다.

그는 안쓰러운 표정으로 물끄러미 사혼을 굽어보았다. 그러면서 그의 마음속에서 또 다른 복잡한 생각이 슬며시 고개를 들었다.

이틀 후에 그와 경혼조, 경혼검대가 천의맹 무창총부를 급습하면 또다시 많은 사람들이 죽임을 당하게 될 터이다.

지금은 살아서 숨을 쉬며 웃고 말을 하는 경혼조원들과 경혼검수들 중에서 누가 죽을지는 아무도 모른다.

어쩌면 진검룡 자신이 죽을 수도 있다. 그러면 많은 측근들이 괴로움에 몸부림치게 될 것이다.

그런 것을 생각하면 싸움이란 일어나지 말아야 한다. 내 편이 죽든 적이 죽든, 그 죽음으로 인해서 수많은 사람들이 고통을 받아야 하기 때문이다.

지금 진검룡이 느끼고 있는 감정대로만 하자면 이틀 후의 급습을 포기하고 싶다.

그래서 제이, 제삼의 사혼과 전성이 다시 나오는 것을 막아야만 한다.

하지만 그것은 말 그대로 감정적인 생각이다. 백 번을 양보해서 진검룡이 자신의 원한을 가슴에 묻고 복수를 포기한다고 해도, 천의맹을 그대로 놔두는 것은 더 많은 죽음과 고통을 방임하는 것이다.

이틀 후의 급습으로 경혼조원과 경혼검수들 중에서 많은 수가 목숨을 잃게 되겠지만, 그로 인해서 수백 배나 더 많은 사람들이 목숨을 건질 테고 고통에서 해방될 것이다.

나와 나의 친구들이 죽어 악을 무너뜨려서 다수를 구하는 것. 그것이 바로 진검룡의 정의다.

전성은 진검룡이 사혼의 맥을 통해서 진기를 주입하고 있는 것을 뒤늦게 알았다.

하지만 그는 사혼이 깨어나지 못할 것이라고 생각했다. 그녀는 이미 반년 전에 깊은 혼절의 늪에 빠져서 그 이후로는 한 번도 깨어난 적이 없었다.

전성이 비럭질한 밥을 자신의 입에 넣고 잘게 씹어서 침과 함께 그녀의 입에 흘려 넣어주었었고, 그녀가 누운 채 대소변을 보면 그 역시 전성이 다 받아내고 씻겼었다. 그녀는 말 그대로 산송장인 것이다.

하지만 전성은 진검룡을 실망시킬 수가 없어서 잠자코 있었다. 그가 스스로 소용없음을 깨달을 때까지.

그때 놀라운 일이 벌어졌다. 산송장이나 다름없던 사혼의 움푹 꺼진 눈이 바르르 떨리더니 천천히 떠지고 있는 것이 아닌가.

"아……."

전성은 대경실색하고 또 환희에 벅차서 나직이 탄성을 터뜨렸다.

눈을 완전히 뜬 사혼은 한동안 똑바로 움막의 천장만 바라보고 있었다.

그러다가 바싹 메마른 입술이 달싹거리면서 희미한 중얼거림이 새어나왔다.

"나··· 는··· 결국··· 죽었는가······. 주군을··· 뵙지도··· 못하고······."

그녀는 이곳이 저승이라고 생각한 모양이다. 그러는 것도 무리가 아니다.

아주 잠시만 생각을 해봐도 그녀는 소생할 가능성보다는 죽을 확률이 훨씬 높았다는 것을 알 수 있다.

"크흐흑······! 부대주!"

지켜보던 전성이 격동을 이기지 못하고 오열을 터뜨리며 울부짖었다.

그러자 그녀의 눈동자가 사르르 목소리가 들려온 방향으로 천천히 흘렀다.

그리고는 낯익은 얼굴 전성을 발견하고서 빙그레 메마른 미소가 입가에 번졌다.

"전성··· 너도 저승에 왔구나······."

"부대주! 주군께서··· 오셨습니다······!"

"으··· 응? 주군께서도··· 저승에 오셨단 말이냐······?"

그녀는 간신히 몇 마디 말을 하고는 헐떡이며 가쁜 숨을 몰아쉬었다.

고개를 돌리는 것마저도 힘들어서 머리맡에 있은 진검룡은 발견하지 못하고 발치에 앉아 있는 전성만 흐릿하게 보일 뿐이다.

"사혼."

진검룡이 조용한 목소리로 부드럽게 그녀를 불렀다.

순간 사혼은 움찔 몸을 떨었다.

슥―

진검룡은 손을 뻗어 그녀의 까칠한 뺨을 감싸듯 어루만지면서 자신 쪽으로 고개를 돌려주었다.

"……."

사혼은 자신의 망막에 새겨진 진검룡의 모습을 여러 차례 눈을 깜빡이면서 바라보며 후드득, 후드득 마구 몸을 떨어댔다.

"미안하다, 사혼. 내가 너무 늦었구나."

"주, 주군… 이신가요……?"

"그래, 진검룡이다."

"나… 꿈을 꾸는 건가요? 죽은 게 아닌가요……?"

진검룡은 대답 대신 그녀를 안아 일으켜서 무릎에 앉히고는 한 팔로 그녀의 몸을 지탱하고 다른 손으로 그녀의 뺨을 잡아 자신을 똑바로 바라보게 했다. 그녀의 몸은 마치 책 한 권을 든 것처럼 가벼웠다.

"으으으……."

진검룡의 얼굴을 한 뼘 거리에서 똑바로 바라보는 사혼이 상처를 입은 짐승 같은 소리를 흘려냈다.

"으흐흐흑……."

사혼의 움푹 꺼진 눈에서 샘물처럼 눈물이 솟구쳐 흘렀다.

진검룡도 울컥하며 뜨거운 눈물이 솟았다.

그는 아무 말도 하지 않고 사혼을 조심스럽게 가슴에 꼭 끌어안았다.

"으흐흐흑……."

사혼은 그의 품속에서 온몸을 덜덜 떨면서 하염없이 울기만 했다. 그리고 전성도 굵은 눈물을 뚝뚝 흘렸다.

얼마의 시간이 흘렀을까. 사혼의 울음이 잦아들자 진검룡은 자신의 겉옷을 벗어 그녀의 몸을 감싸고는 그녀를 안고 움막에서 나왔다.

이곳 움막에 들어온 이후 처음으로 밖에 나오는 사혼은 눈부심 때문에 진검룡 가슴에 얼굴을 묻고 눈을 감았다.

"사혼……."

그때 누군가의 감격에 찬 목소리가 들렸다.

사혼은 부르르 몸을 세차게 떨고는 진검룡의 가슴에서 고개를 들어 목소리가 들려온 곳을 힘겹게 바라보았다.

그곳에는 귀혼이 우뚝 서서 사혼을 보면서 눈물을 흘리고 있었다.

"귀혼……."

과거 한솥밥을 먹으면서 함께 수없이 생사를 넘나들었던 동료인 귀혼은 진검룡과는 또 다른 의미를 사혼에게 안겨주었다.

사혼은 귀혼을 발견하고는 처음으로 입가에 희미한 미소

를 머금었다.

"귀혼 너를 보니까 이것이 꿈이 아니라는 것을 알겠구
나……."

귀혼은 눈물을 흘리면서도 빙그레 미소를 지었다.

"사혼, 살아 있어주어서 정말 고맙다."

진검룡은 움막에서 기어나오고 있는 전성을 가리켰다.

"귀혼, 전성을 업어라."

전성은 움찔 놀라 고개를 들다가 자신을 향해 허리를 굽히
고 있는 귀혼을 발견하고는 그 자리에 굳어버렸다.

"귀… 혼 부대주……."

"전성 이놈!"

두 사람은 엉기듯 서로를 힘껏 끌어안았다.

*　　　*　　　*

그로부터 이틀 후 무창성 청풍장.

진검룡은 앞쪽에 늘어서 있는 열다섯 명의 경혼조원과 귀
혼, 그리고 세 명의 경혼검대 부대주를 한 명씩 찬찬히 쓸어
보았다.

진검룡과 시선이 마주친 사람들은 아무런 말도 하지 않고
가볍게 고개를 끄덕이거나 더욱 눈을 빛내면서 결전의 결의
를 나타냈다.

지금 시각은 유시(酉時:저녁 6시). 천의맹 무창총부를 급습하는 해시까지는 두 시진밖에 남지 않았다.

　이제 이곳을 나가면 이들이 이렇게 차분히 모여 있을 기회는 없을 것이다.

　무창총부 급습이 끝난 후에 다시 모이면 그때는 과연 몇 명이나 살아남아 있을지······.

　진검룡의 시선이 낭랑에게 이르렀을 때 그녀는 빙긋 입술 끝으로만 미소 지으며 한마디 툭 내던졌다.

　"어이, 조장! 죽지 마."

　진검룡이 빙그레 미소 짓자 낭랑은 어깨를 건들거렸다.

　"나 첫날밤 무지하게 기대하고 있다구."

　그러면서 그녀는 진검룡의 사타구니를 힐끗 쳐다보면서 짐짓 입맛을 다셨다.

　그걸 보고 고선이 마치 화살이 자신의 옥문에 꽂힌 것 같은 동작을 취했다.

　"허억! 거마경(巨馬莖:거대한 말 음경)!"

　"푸핫핫핫핫!"

　"아하하하핫!"

　"호호호홋!"

　그러자 모두들 숨넘어갈 듯 박장대소를 터뜨렸다.

　진검룡은 한 사람씩 모두 쳐다보고 난 후 나직하게 물었다.

　"섬전표는 챙겼나?"

"넵!"

모두들 손으로 가슴을 두드리며 여출일구 외쳤다. 경혼조는 물론이고 경혼검대도 틈틈이 섬전표 날리는 수법을 배워서 현재는 최고 경지에 이른 상태다.

진검룡은 더 이상 측근이나 수하들이 죽는 것을 원치 않기 때문에 자신의 모든 것을 그들에게 가르쳤다.

섬전표가 비록 암기이기는 하지만, 그것을 사용해서 끝까지 살아남기를 기대하는 심정으로 가르쳤다.

"몸 상태가 좋지 않거나 아픈 사람은 없나?"

"없습니다!"

"모두들 다시 한 번 무기를 점검하고……."

"어이~ 어이~ 조장! 웬 잔소리가 그리 심해?"

낭랑이 이빨 사이로 침을 찍 뱉으며 제동을 걸었다.

귀혼과 세 명의 경혼검대 부대주가 보기에도 진검룡은 오늘따라 유난히 말이 많은 듯했다.

그러나 모두들 그가 왜 그러는지 잘 알고 있었다.

해시.

한 척의 거대한 상선이 무창총부 뒷문 쪽 장강 포구에 이제막 접안했다.

포구에 있던 호문고수 다섯 명이 상선에 올라 선실과 갑판, 선창 곳곳을 살펴보았다.

상선은 평소보다 꽤 많은 짐을 싣고 있었으나 호문고수들은 수상하게 여기지 않고 하역 명령을 내렸다.

여느 때처럼 상선에서 백여 명의 장한들이 커다란 짐을 메고 포구로 내려가 차곡차곡 쌓았다.

오래지 않아서 짐은 두 개의 작은 산더미를 이루었다. 여느 때보다 짐이 두 배 이상 많았다.

이윽고 상선의 우두머리인 당행수(堂行手)가 호문고수 우두머리인 호문수장(護門首長)에게 다가가 공손하게 말했다.

"오늘로써 저희 상단과의 거래는 끝이지만 앞으로도 잘 부탁드린다는 뜻으로 약소한 선물을 준비했습니다."

그러면서 그는 두 개의 짐 더미 중에서 왼쪽을 가리켰다. 그의 말인즉, 오른쪽 짐 더미는 무창총부에 납품하기로 한 식품이고, 왼쪽의 짐 더미가 소위 '앞으로 무창총부와 또 거래를 트고 싶으니까 잘 봐달라는 선물'이라는 것이다.

호문수장이 당행수를 따라서 왼쪽 짐 더미 쪽으로 갔다.

그러자 짐 더미 옆에 서 있던 장한들 중에 두 명이 짐 더미에서 궤짝 하나를 힘겹게 들어서 바닥에 내려놓고는 뚜껑을 열었다.

그극!

커다란 궤짝 안에는 한눈에 보기에도 최상품인 쇠고기가 켜켜이 쌓인 채 가득 담겨 있었다.

그런데 쇠고기 위에 어른 주먹 두 배 크기의 가죽 주머니가 하나 놓여 있었다.

슥—

당행수는 가죽 주머니를 집어 두 손으로 공손히 호문수장
에게 바치면서 너스레를 피웠다.

"이것은 쇠고기 중에서도 특상품인 안심 부위를 수장님을
위해서 따로 마련했으니 한 번 드셔보십시오."

그러면서 한쪽 눈을 찡긋하면서 은근슬쩍 가죽 주머니를
호문수장 손에 쥐어주었다.

순간 호문수장의 안색이 가볍게 변했다. 가죽 주머니 안에
든 것이 쇠고기가 아니라는 것을 즉시 간파한 것이다. 더구나
그는 그 안에 든 것이 무엇인지도 알아차렸다.

묵직하게 손에 만져지는 것은 단단하고 작으며 둥글고 납
작한 것들이다. 즉, 돈이다. 당행수가 호문수장에게 뇌물을
준 것이다.

당행수 정도 되는 인물이 호문수장에게 뇌물을 준다면 구
리 돈일 리가 없다.

은자에 이 정도 중량감이라면 최소한 이백 냥 이상이 들었
을 것이 분명하다.

호문수장의 한 달 녹봉은 은자 오십 냥이다. 은자 이백 냥
이면 넉 달 치 녹봉이다.

이것은 거저 굴러들어 온 떡이다. 더구나 이것을 받는 것이
무창총부의 규칙을 어기는 것도 아니고, 당행수가 나쁜 짓을

하려는 의도를 갖고 있는 것도 아니다. 뇌물이 아니라 선물이라고 생각하면 될 일이었다.

당행수의 뜻은 단지 오늘 끝나는 거래를 다음에 또다시 이어보자는 소박한 바람일 뿐이다.

견물생심(見物生心)은 천하 누구에게나 적용된다. 더구나 전혀 해가 없는 뇌물이라면 마다할 필요가 없다는 것이 호문수장이 찰나지간에 내린 결론이다.

덜거덕… 덜걱…….

다섯 대의 수레가 짐을 가득 싣고 차례로 무창총부 뒷문 안으로 들어가서 창고에 짐을 부리고 나와, 다시 짐을 싣고 들어가기를 세 차례 반복했다. 평소보다 세 배나 짐이 많다는 뜻이다.

쿵!

뒷문이 굳게 닫히고 이십여 명의 호문고수가 지켜보는 가운데 상선은 포구를 떠나 장강으로 육중하게 미끄러져 가기 시작했다.

상선이 어둠 속으로 완전히 사라진 후에 호문고수들은 다시 본연의 임무로 돌아갔다. 즉, 포구와 뒷문 밖, 그리고 주변을 경계하는 것이다.

캄캄한 창고 안.

차곡차곡 쌓여 있는 짐 더미의 가장 꼭대기에 있는 나무 궤짝이 추호의 소리도 없이 열렸다.

그리고는 나무 궤짝 안에서 두 명의 흑의인이 나왔다.

그들이 자신들이 나온 빈 나무 궤짝을 바닥에 내려놓자 이번에는 그 아래에 있던 두 개의 나무 궤짝 뚜껑이 열리고 네 명의 흑의인이 기척없이 나왔다.

그런 식으로 약 일다경 동안 무려 오십 명이 나왔으며, 다음에는 맞은편 짐 더미의 나무 궤짝이 같은 순서로 열리면서 또다시 흑의인들이 나왔다.

다시 일다경의 시간이 흐른 후 모든 나무 궤짝이 열리고 창고 안에는 총 백 명의 흑의인들이 정렬했다.

진검룡과 경혼조 십오 명, 귀혼을 비롯한 경혼검대 팔십사 명이다.

진검룡을 중심으로 구십구 명이 모여 서 있다. 모두의 얼굴에는 비장하고 결연한 표정이 떠올라 있었다.

진검룡이 가볍게 고개를 끄덕이자 귀혼이 오십 명의 경혼검수를 이끌고 조심스럽게 창고를 빠져나갔다.

그들은 제일 먼저 무창총부 뒷문 안쪽의 호문고수 열 명을 제거할 것이다.

그다음에는 뒷담 위에 오 장 간격으로 있는 망루의 고수들을 처치한다.

뒷문을 중심으로 이십 개씩 도합 사십 개의 망루를 해결해야 한다.

각 망루의 간격이 오 장이니까 한쪽으로 이십 개를 제거하면 백 장 거리, 뒷문 양쪽으로 이백 장의 시야를 확보하게 된다.

그 이후는 담이 안쪽으로 구부러지기 때문에 망루에서 뒷문 밖이 보이지 않는다.

귀혼과 오십 명의 경혼검수가 담의 망루를 차례로 해결하는 동안 다른 이십 명은 뒷담 안쪽 전각 위의 망루들을 처치해야 한다.

단, 뒷문 안쪽이 보이는 망루만 제거하는데 모두 열다섯 곳이다. 무작정 제거하는 것이 아니라 담의 망루와 평행을 이루는 전각의 망루를 동시에 제거해야 한다.

그것은 대단히 치밀함을 요구하기 때문에 터럭만 한 실수라도 발생하면 그것으로 끝장이다.

망루 한곳에서 급습을 알리는 종을 치는 것으로 모든 것이 수포로 돌아가고 말 것이기 때문이다.

약 이각의 시간이 흘렀을 때 다시 창고 문이 살짝 열리고 아까 나갔던 귀혼과 칠십 명의 경혼검수가 돌아왔다. 한 명도 낙오없이, 그리고 다친 사람 없이 무사히 귀환했다.

[처리했습니다.]

귀혼이 진검룡에게 허리를 굽히면서 전음으로 보고했다.

진검룡이 고개를 끄덕이고 창고를 나서자 모두들 민첩하게 그를 따랐다.

그들이 창고를 나서자 귀혼이 열어놓은 뒷문을 통해서 경혼검수들이 쏘아 들어오고 있었다. 그들은 강 건너에 대기하고 있다가 상선을 타고 포구로 온 것이다.

　일사불란하게 뒷문 안으로 들어온 경혼검수는 모두 이백사 명이다.

　이로써 진검룡을 비롯한 삼백사 명이 일단 무창총부에 잠입하는 데 성공했다.

第七十七章
적진(敵陣)

大中原

무창총부에는 총 만 오천여 명의 고수들이 있으며, 맹주 직속의 사무신대(四武神隊) 만 이천 명이 주축이고, 나머지 삼천여 명은 경호(警護), 호위(護衛), 호문(護門), 전령(傳令) 등을 담당하고 있다.

사무신대는 각기 동서남북에 백여 채씩의 전각에 분산되어 거주하고 있다.

그리고 그 복판에 삼 층의 웅장한 대진각이 위치해 있는데, 주위에 대낮처럼 수백 개의 횃불이 밝혀져 있어서 개미 한 마리조차 접근할 수가 없다.

귀혼이 작성한 무창총부의 내부도를 보고 진검룡이 맹주

의 거처로 의심되는 곳 다섯 군데를 짚었는데, 그중 네 곳은 사무신왕의 거처고 나머지 한 군데가 대낮처럼 환한 삼 층의 대전각이다.

며칠 전에 귀혼 등이 상선의 인부로 변장하여 이곳에 잠입하여 정탐했을 때에는 동서남북에 흩어져 있는 사무신대의 거처 각 백여 채씩을 도저히 뚫을 수가 없어서 복판의 삼 층 전각을 구경하지도 못하고 돌아갔었다.

그곳을 뚫지 못한 첫 번째 이유는 사무신대의 거처에서 삼 층의 대전각으로 통하는 길목이 대낮처럼 불이 밝혀져 있었기 때문이다.

그리고 두 번째 이유는 동서남북 각 방향에 삼백 명씩의 사무신대 고수들이 지키고 있기 때문이었다.

무창총부의 최정예 고수인 사무신대 고수 천이백 명이 지키고 있으므로 대전각으로 접근하는 것은 설혹 날개가 달려 있다고 해도 불가능했다.

[역시 동룡검대와 북현창대가 없습니다.]

사무신대 고수들이 지키고 있는 네 군데 방어막을 배후에서 한 바퀴 돌아보고 온 귀혼이 진검룡에게 전음으로 공손히 보고했다.

[대전각을 중심으로 동서남북 네 방향을 지키고 있는 고수들은 서호도수들과 남작편수들뿐입니다. 어디에서도 동룡검

수와 북현창수들은 보이지 않습니다.]

동서남북 사백여 채의 전각이 사무신대의 거처라면 각 방향을, 즉 자신들의 거처를 사무신대 고수 각자가 지키고 있어야 하는 것이 상식이다.

[그래서 그들의 거처를 자세히 조사해 봤더니 한 명도 없었습니다. 동룡검대와 북현창대 이 개 대 육천 명 전원 출동했다는 정보가 맞습니다.]

사흘 전에 무창총부에서 동룡검대와 북현창대 수천 명이 쏟아져 나가는 것을 감시하고 있던 경혼검수가 발견했다. 그당시에는 정확한 수를 알지 못했었는데 이제 보니까 동룡검대와 북현창대 전원 출동한 것이 분명했다.

그렇다면 현재 무창총부에는 서호도대와 남작편대 육천 명만 있다는 것이다.

진검룡은 잠시 생각에 잠겼다. 그는 동룡검대와 북현창대가 출동했다는 보고를 받고 그 이유가 소호와 남작편대 제일대의 몰살 때문일 것이라고 짐작했었다.

아마도 백소운은 소호와 남작편대 제일대의 실종에 태현진인과 창허자가 연관되어 있을 것이라고 추측했을 것이다. 소호와 제일대가 태현 진인을 잡으러 구궁신문으로 출동했다가 실종됐기 때문이다.

그래서 동룡검대와 북현창대에게 태현 진인과 창허자를 제압하여 끌고 오라고 명령한 듯했다.

만약 무당파와 구궁신문이 저항을 한다면 두 문파를 멸문시키라는 명령을 아울러 내렸을 것이다. 그랬기에 이 개 대육천 명의 최정예 고수들이 출동한 것이다.

그러나 진검룡과의 약속대로라면 무당파와 구궁신문은 지금쯤 무창성 인근에 잠복하고 있을 터이다. 자정에 무창총부를 총공격하기 위해서다.

무당파와 구궁신문만 왔는지, 아니면 팔대문파나 사십오 개 문파 전체가 왔는지는 지금으로선 모르는 일이다.

여하튼 동룡검대와 북현창대는 허탕을 칠 게 뻔하다. 무창성에서 무당파까지 가는 데만 꼬박 사흘이 걸리므로 지금쯤 도착을 했거나 곧 도착할 것이다.

구궁신문은 문하제자가 고작 이백오십여 명 정도이기 때문에 동룡검수나 북현창수 몇백 명만을 보냈을 것이고, 거의 대부분이 무당파로 향했을 것이다.

구궁신문으로 간 자들이 허탕을 치고 무창총부로 돌아왔는지 여부는 알 수가 없다.

하지만 고작 몇백 명 정도가 돌아왔다고 해봤자 큰 위협은 되지 못한다.

백소운은 구궁신문이 텅 비었다는 보고를 받고서도 무당파로 향한 동룡검대와 북현창대를 회군(回軍)시키지 않은 것이 분명하다.

만약 회군시켰다면 그들은 이미 무창총부에 돌아와 있어

야만 한다.

무창성에서 구궁신문까지의 거리가 백오십여 리로 하루면 충분히 당도할 수 있기 때문이다.

진검룡은 생각을 끝내고 대전각이 있는 방향을 처다보았다.

이곳에서는 대전각이 보이지 않는다. 이곳은 동룡검대 백여 채의 전각들이 겹겹이 둘러싸인 뒤쪽이기 때문이다.

이윽고 그는 시선을 거두고 몸을 돌렸다.

[북쪽에서 진입한다.]

귀혼이 보고한 대로 북현창대 전각 백여 채는 텅 비어 있었고, 대신 삼백 명의 남작편수들이 곳곳을 지키고 있었다.

진검룡이 북쪽을 선택한 이유는 전각들이 비어 있기 때문에 그 점을 이용할 수 있다는 생각에서다.

남작편수 삼백 명이 대전각으로 이르는 길목 곳곳을 삼엄하게 지키고 있다.

북현창대 전각군에서 대전각으로 이르는 길은 세 갈래고, 각 갈래를 남작편수 백 명이 지킨다. 그러나 대전각까지 직선으로 뚫린 길은 하나도 없다.

세 갈래 다 구불구불 많게는 이십여 번, 적게는 십오륙 차례나 좌우로 꺾여 있었다.

그런데 그 점이 오히려 진검룡 등에겐 유리하게 작용할 것이다.

길이 좌우로 꺾였기 때문에 남작편수들이 지키고 있는 위치에서 서로가 보이지 않는 경우가 많았다.

그것은 이쪽의 남작편수들을 죽여도 비명이나 신음 소리만 나지 않는다면 저쪽에서 전혀 모를 것이라는 뜻이다.

진검룡은 세 갈래 중에서 한복판을 선택했다.

뒷문 안쪽 창고를 출발할 때부터 전체 삼백사 명은 삼십 개 조로 나누어서 움직이고 있었다.

진검룡과 경혼조 열여섯 명이 한 조가 되고, 이백팔십 명이 열 명씩 이십팔 개 조, 그리고 나머지 여덟 명이 마지막 한 조다.

진검룡 조가 제일조다. 그리고 귀혼과 엄선된 아홉 명이 제이조로 선두를 맡아 길을 뚫고, 그 뒤를 제삼조와 제사조가 따르면서 주변을 경계한다.

일, 이, 삼조가 길을 뚫으면 제일조 진검룡과 경혼조가 뒤따라 진입하고, 그 뒤를 나머지 조들이 열 명씩 간발의 차를 두고 따른다.

진검룡의 신호에 따라 귀혼의 제이조가 추호의 기척도 없이 유령처럼 쏘아가고, 제삼조와 제사조가 뒤따랐다.

북현창대 백여 채 전각군 한복판 길의 입구를 지키고 있는 것은 남작편수 다섯 명이며, 여자가 네 명이고 남자가 한 명이다. 그들은 전각군을 등진 채 일렬로 늘어서 있었다.

한 자 길이의 단검을 뽑아 쥔 귀혼의 제이조와 제삼조, 제사조는 남작편수들의 좌우에서 추호의 기척도 없이 쾌속하게 접근하고 있다.

제이조가 오른쪽에서, 제삼조와 제사조가 왼쪽에서 접근하고 있는데도 다섯 명의 남작편수는 추호도 눈치채지 못하고 정면만 뚫어지게 주시하고 있을 뿐이다.

남작편수들은 예전 낙양총부 때의 주작편수들이다. 그 당시에 청룡검수들은 천의사대 중에서 최강이었다.

그런데다 경혼검수들은 지난 일 년 반 동안 지옥에서 살아남는다는 심정으로 무공 연마를 했으니 남작편수들이 경혼검수들의 상대가 되지 않는 것은 자명한 일이었다.

제이조는 다섯 명의 남작편수 오른쪽에서 전각에 바짝 붙어서 빠르게 접근하다가 거리가 오 장여로 좁혀지자 일제히 신형을 날려 전각의 이 층 높이로 상승하여 발끝으로 전각의 벽을 디디며 계속 쇄도했다.

만약 전각 안에 누군가 있다면, 그래서 밖을 내다보고 있었다면 제이조를 발견할 수도 있다.

그래서 진검룡은 전각군 전체가 비어 있는 북현창대를 선택했던 것이다.

왼쪽에서는 제삼조와 제사조가 차례로 이 층 높이로 상승하고 있다.

제이조가 실패할 경우 그들이 남작편수들을 제거하기 위

해서다. 하지만 그럴 일은 없을 것이다.

이윽고 제이조 귀혼을 비롯한 열 명의 경혼검수가 남작편수 다섯 명의 머리 위로 추호의 기척도 없이 매가 병아리를 낚아채듯 하강했다.

다음 순간 다섯 자루 단검이 다섯 명의 남작편수 뒷목을 깊숙이 찔렀다.

단검을 찌르는 동시에 왼손으로 남작편수들의 입을 틀어막았으므로 신음 소리조차 새어나오지 않았다.

귀혼과 네 명의 경혼검수가 죽은 남작편수들을 으슥한 곳으로 끌어다 놓고 있을 때 제이조의 다른 다섯 명은 이미 전각군 안쪽으로 쏘아 들어가고 있었으며, 그 뒤를 제삼조와 제사조가 따랐다.

귀혼과 네 명은 죽은 자들을 치워놓고 지체없이 그들의 뒤를 따랐다.

진검룡은 그들의 모습이 시야에서 사라지자 비로소 움직이기 시작했다.

진검룡과 경혼조가 북현창대 전각군 안쪽으로 기척없이 진입하자 그 뒤를 계속해서 제오조, 제육조 등이 연이어 따라 들어갔다.

진입은 순조로웠다. 제이조와 제삼조, 제사조는 번갈아가면서 남작편수들을 제거하여 이십 호흡쯤 지났을 무렵에는 이미 오십여 명을 죽였고, 진검룡 등은 북현창대 전각군 깊숙이 들어와 있었다.

진검룡은 전진하면서 제오조와 제육조를 좌우로 보내서 다른 두 갈래 길의 동정을 살피게 했다.

진검룡의 뒤에는 경혼조 열다섯 명이 바짝 뒤따르고 있는데 극도로 긴장해서 살짝 건드리기만 해도 버럭 소리를 지르면서 다짜고짜 공격할 것만 같았다.

평소에는 때와 장소를 가리지 않고 거친 입담을 과시하는 낭랑조차도 경직된 표정으로 눈을 크게 뜨고 연신 주위를 두리번거리면서 살피기에 바빴다. 그만큼 긴장하고 있다는 뜻이다.

툭!

그때 진검룡이 갑자기 멈추자 바짝 뒤따르던 부상쾌가 미처 제때에 멈추지 못하고 진검룡과 부딪치고 말았다.

그 바람에 그녀는 깜짝 놀라 뒤에서 두 팔로 그의 허리를 끌어안으며 몸을 밀착해 왔다.

그녀의 풍만한 젖가슴이 진검룡의 듬직한 등에 찌그러지면서 그녀는 그의 어깨에 가만히 뺨을 댔다. 그것만으로도 그녀는 긴장이 완전히 풀리는 것을 느꼈다.

그때 좌우 두 갈래로 보냈던 제오소와 제육조가 돌아와서 보고했다.

[이상없습니다.]

진검룡은 고개를 끄덕이고 나서 위를 쳐다보았다. 북현창대 백여 채의 전각 위에도 다섯 채에 하나 꼴로 망루가 있고 불이 환하게 밝혀져 있었다.

하지만 망루의 불은 위에서 밝혀져 있기 때문에 아래쪽은 어두컴컴했다. 그들의 임무는 아래쪽이 아니라 위를 지키는 것이다.

또한 망루를 지키는 자들은 사무신대 외의 경호고수들이라서 그다지 신경 쓰지 않아도 된다.

가장 신경을 써야 할 문제는, 진검룡이 선택한 한복판 길을 제외한 좌우의 두 갈래 길을 지키고 있는 남작편수들이 한복판 길로 오지 않을까 하는 것이다.

만약 그들이 온다면 죽일 수도 없다. 죽이면 그들이 돌아오지 않는 것 때문에 의심을 사게 될 테니까 말이다.

그렇지만 아직까지는 좌우의 남작편수들이 한복판 길로 오는 일은 일어나지 않았다.

어쨌든 중앙의 대전각까지 접근하여 그 안으로 잠입, 백소운을 찾아내는 것이 급선무다.

그녀를 제압하거나 죽인 후까지도 잠입이 발각되지 않으면, 그다음에는 사무신왕을 죽일 차례다. 동룡신왕과 북현신왕은 없고, 남작신왕 소호는 죽었기 때문에 서호신왕, 즉 독고무헌만 죽이면 된다.

양팔이 잘린 채 진검룡에게 제압되었던 소호는 결국 그의 분근착골 수법을 견디지 못하고 무창총부에 대한 것들을 술

술 실토한 후에 죽었다.

물론 진검룡이 직접 그녀를 죽였다. 마음 같아서는 갈아 마셔도 시원치 않지만, 곱게 사혈을 찔러서 죽였다. 정의로운 그로서는 저항하지 못하는 사람을 잔인하게 죽이는 것이 결코 쉬운 일이 아니었다.

지금 진검룡이 가고 있는 대전각 이름이 호천각(昊天閣)이며 그곳에 맹주 백소운이 거주하고 있다는 사실도 소호가 실토한 내용 중 하나였다.

이윽고 진검룡은 북현창대 전각군의 가장 안쪽에 당도했으며, 그곳에서는 호천각이 한눈에 보였다.

그런데 그곳에서 호천각까지 이십여 장 사이에는 아무것도 없었다.

나무 한 그루, 풀 한 포기조차 없는 맨땅이었다. 외부인이 잠입할 때 엄폐물을 제공하지 않기 위해서인 듯했다.

북현창대 전각군 한복판 길 끝에는 진검룡과 부상쾌, 귀혼, 세 명의 부대주만 있고, 다른 사람들은 양쪽의 전각 안에 들어가서 대기하고 있는 중이다.

현재 진검룡이 있는 길의 폭은 이 장 정도다. 그곳에서 호천각 쪽으로 오 장 남짓 거리는 빛이 미치지 않아서 어두컴컴한 상태다.

하지만 그곳에서부터는 점점 밝아져서 호천각 십여 장쯤에 이르면 정말 대낮인 것 같은 착각이 들 정도로 환하게 불이 밝혀져 있다.

그리고 그쪽 방향은 호천각의 뒤쪽인데도 불구하고 열 명의 호위고수가 일렬로 늘어서 있다.

그뿐이 아니다. 그들 머리 위 호천각의 일층 지붕의 처마에 또 열 명의 호위고수가 일렬로 지키고 있다.

진검룡은 호천각을 뚫어지게 주시하면서 어떻게 할 것인지 궁리를 했다.

그때 귀혼이 제이조를 데리고 왼쪽 길로 쏘아가고, 제삼조는 오른쪽 길로 쏘아갔다.

북현창대 전각군의 나머지 두 군데 길 호천각 쪽 마지막을 지키고 있는 남작편수들을 제거하기 위해서다. 그들이 있는 곳에서 호천각 뒤쪽이 보이기 때문이다.

진검룡의 생각이 길어지고 있었다. 분근착골 수법으로 고통을 받으면서 제발 죽여달라고 빌던 소호는 호천각 뒤에는 아무도 지키지 않는다고 실토했었다. 그것이 진검룡이 북쪽 길을 선택한 또 하나의 이유다.

그런데 소호의 실토는 거짓말이었다. 보통의 분근착골 수법보다 열 배 이상 지독한 고통을 당하면서도 그녀는 마지막까지 거짓말을 했다.

진검룡을 농락한 것이다. 죽어가면서도 제 딴에는 작은 복수를 계획한 것이다.

그것이 거짓말이라면 그녀는 또 다른 거짓말도 했을 것이다. 하지만 지금으로선 그 상황이 눈앞에 닥치기 전에는 그녀가 무슨 거짓말을 했는지 알 수가 없다.

문득 진검룡은 일이 꼬이고 있다는 느낌이 들었으나 무시해 버렸다. 이제 와서 되돌아 나갈 수는 없는 노릇이다.

이윽고 그는 생각을 끝냈다. 그는 눈앞의 이십 명의 호위고수를 죽이기로 결정했다. 그러지 않고는 호천각에 잠입할 수가 없다.

그때 좌우 길목의 남작편수들을 제거하고 귀혼과 제이조, 제삼조가 돌아왔다.

[측면에서 공격한다.]

진검룡은 전음으로 말하면서 동쪽을 가리켰다. 그의 말은 북현창대 전각군과 그 옆 동룡검대 전각군의 경계의 사각지대(斜角地帶)에서 공격하겠다는 뜻이다.

그쪽 방향이라면 호위고수들의 오른쪽 옆이니까 기척없이 접근하면 정면만 주시하고 있는 그들에겐 보이지 않을 것이라는 계산이다.

[속하들이 처리하겠습니다.]

동룡검대 진각군은 비어 있지만 서호도수들이 지키고 있다. 귀혼은 그쪽으로 가는 길목을 지키는 서호도수들을 제거하겠다는 말이다.

[내가 하겠다. 너희는 이곳에 있다가 놈들이 쓰러지면 즉시 호천각으로 진입하도록 해라.]

말과 함께 진검룡은 오른쪽 골목길로 빛처럼 쏘아갔고, 그 뒤를 부상쾌가 바짝 따랐다.

그녀는 자타가 공인하는 진검룡의 최측근 호위고수이기 때문에 그가 어딜 가도 따라간다.

북현창대 전각군을 벗어나 동룡검대 전각군으로 들어서자마자 골목이 네 갈래로 갈라지는 위치에 세 명의 서호도수가 서 있는 모습이 보였다.

슈우—

진검룡은 속도를 늦추지 않고 그대로 그들의 측면으로 쏘아가는데도 그들은 조금도 눈치채지 못하고 정면만 주시하고 있었다.

보통 다섯 명이 한 조를 이루어 경계를 서고 있는데 세 명만 보인다는 것은 보이지 않는 곳에 두 명이 더 있다는 뜻이었다.

거리가 이 장으로 좁혀졌을 때 진검룡이 왼손을 뻗으며 세 손가락을 튕기자 세 줄기 눈에 보이지 않는 무형의 지풍이 빛줄기처럼 발출됐다.

파파팍.

아주 흐릿한 음향과 함께 세 줄기 지풍은 서호도수 세 명의 관자놀이를 관통했다.

바늘처럼 가느다란 지풍에 적중됐기 때문에 그들은 따끔! 하는 느낌만 받았을 뿐이다. 그러므로 그 정도로는 비명이나 신음을 터뜨리지 않는다.

서호도수 세 명이 지풍에 적중되는 순간 진검룡은 이미 그들 뒤쪽에 이르러 재빨리 왼쪽을 쳐다보았다.

기척으로 그들의 앞쪽에 나머지 두 명이 있다는 사실을 이미 감지했던 것이다.

앞쪽 그러니까 진검룡의 오른쪽이며 호천각 쪽을 향해 서 있는 두 명은 뒤의 세 명의 동료가 당했다는 사실조차 전혀 모르고 있었다.

투우—

진검룡은 다시 두 줄기 지풍을 발출하고서는 그대로 전면으로 쏘아갔다.

부상쾌가 그곳에 도착했을 때에는 다섯 명의 서호도수가 한 방울의 피도 흘리지 않는 채 마치 자는 듯한 모습으로 땅에 쓰러져 있었다.

그녀는 그런 광경을 두 번 더 발견하고서야 진검룡을 만날 수 있었다.

그는 목적지, 즉 동룡검대 전각군의 호천각 끝자락에 도착했으나 호천각으로 쏘아가지 않고 뒤처진 그녀를 기다리고 있었다.

그가 있는 곳은 동룡검대 전각군 세 갈래 길목의 동쪽 끝이었다.

그곳에서는 조금 전에 봤던 호천각 뒤쪽을 지키는 이십 명의 호위고수 오른쪽 옆모습이 보였다.

그리고 호천각 옆 동룡검대 전각군 쪽을 지키는 또 다른 호위고수들 왼쪽 옆모습이 보였다. 즉, 이곳이 사각지대인 것이다.

호천각을 주시하고 있던 진검룡은 막 도착하여 자신의 뒤에 찰싹 달라붙는 부상쾌를 돌아보았다.

그의 눈빛은 '왜 따라왔느냐'고 묻고 있었다. 그러나 부상쾌는 감중연하는 얼굴로 시치미를 뚝 떼고 그를 마주 바라보았다. '당신의 호위무사인데 따라오는 것이 당연하죠'라는 표정이다.

진검룡이 다시 호천각으로 시선을 주자 부상쾌는 살며시 그의 등에 젖가슴을 밀착시키는가 싶더니 깡충 뛰어올라 그의 등에 업혔다. 두고 가지 말고 이렇게라도 데려가 달라는 뜻이다.

이럴 때의 그녀는 호위무사가 아니라 철딱서니없는 어린아이 같았다.

하지만 자신이 업힌 것 정도로는 진검룡이 추호도 지장이 없을 것이라는 사실을 잘 알고 있기 때문에 이런 행동을 서슴지 않는 것이다.

처음에 그녀가 진검룡의 호위무사를 자청했을 때에는 위험한 상황이 닥칠 경우에 자신의 한 몸을 희생시켜서라도 그를 지키겠다고 당찬 각오였다.

그랬던 초심(初心)이었는데, 지금은 자타가 인정하는 호위 무사라는 점을 이용해서 어떻게든 진검룡의 곁에서 떨어지지 않으려 하고 있었다.

어쨌든 그녀는 진검룡의 등에 업혀서 그가 행동하기에 불편하지 않도록 제 딴에는 최대한 배려를 했다.

두 팔을 그의 겨드랑이 아래로 넣어 가슴을 꼭 끌어안았으며, 두 다리로는 그의 허리를 감고 뺨을 어깨에 밀착시킨 모습이다.

그녀는 경혼조 여자들 중에서 가장 키가 크다. 그렇다고 어깨가 넓거나 몸통이 굵지는 않으나 전체적인 몸의 굴곡이 경혼조 여자들 중에서는 가장 빼어난 편이다.

하지만 그런 그녀라고 해도 진검룡에게 업히면 어린 여동생이 오빠에게 업힌 것 같은 모습이 된다. 그 정도로 진검룡의 키가 크고 상체가 잘 발달되어 있는 것이다.

진검룡은 전면을 주시했다. 그의 시선이 머문 곳은 호천각의 모퉁이다.

사각지대라고는 하지만 그곳 역시 대낮처럼 밝아서 여차하면 발각되고 말 것이다.

한순간 진검룡은 호천각을 향해 쏜살같이 뛰어 나갔다. 발끝으로 땅을 한 번 가볍게 박차고는 물에 뛰어들 때처럼 엎드린 자세를 취했다.

그리고 그 자세로 땅에서 반 자 남짓 뜬 채 땅에 붙은 것처럼 빠르게 쏘아갔다.

만약 그가 선 자세로 쏘아간다면 발각될 확률이 반반이겠지만, 지금처럼 쏘아가면 그 반에서 또 절반으로 줄어든다.

정면을 주시하고 있는 호위고수가 옆을 슬쩍 돌아보는 것은 한 번의 동작이지만, 옆을 보고 또 아래를 보는 것은 두 번의 동작이기 때문이다.

부상쾌는 숨을 멈춘 채 진검룡의 등에 찰싹 달라붙어 있었다. 그런데 이런 긴박한 상황 중에서도 기묘한 흥분과 쾌감이 느껴졌다.

눈 한 번 깜짝일 사이에 호천각에 당도한 진검룡은 엎드린 자세 그대로 호천각 벽에 달라붙듯이 위로 솟구쳤다.

이층 지붕까지 이른 그는 방향을 틀어 일층 지붕 처마에 일렬로 늘어서 있는 열 명의 호위고수를 향해 추호의 기척도 없이 다가갔다.

지상에서 솟구친 이후 그는 한차례도 지붕이나 벽에 발을 딛지 않았다.

이윽고 그는 늘어선 열 명 중에 첫 번째 호위고수 뒤로 마치 눈송이 하나가 하강하듯이 느릿하게 내려섰다. 하지만 역시 두 발은 지붕에서 반 자쯤 허공에 뜬 상태다.

부상쾌는 그의 어깨에서 뺨을 떼고 어깨 너머로 앞쪽의 호위고수를 보면서 눈도 깜빡이지 않고 입을 꼭 다문 채 호흡과 심장박동 모든 기능을 멈추었다.

그런데도 그녀는 심장이 목구멍으로 튀어나올 정도로 긴장해서 그 자리에서 몸이 녹아버리거나 터져 버릴 것만 같은 느낌을 받았다.

그때 진검룡이 오른손을 들어 검지를 쭉 펴서 내밀더니 앞선 호위고수의 뒷목 한가운데를 겨냥했다.

그 상태에서 무형의 가느다란 지풍을 발출하여 호위고수의 목을 관통했으나 한 방울의 피도 나오지 않았기 때문에 부상쾌는 아무것도 보지 못했다.

그 정도이니 옆 반 장 거리에 서 있는 호위고수가 그것을 감지했을 리 만무하다.

다음 순간 진검룡은 오른쪽으로 미끄러지듯이 이동하면서 늘어선 호위고수들의 뒷목에 연이어서 지풍을 발출했다.

그가 열 명의 호위고수를 흐릿한 신음조차 지르지 못하게 즉사시키는 데 걸린 시간은 눈 한 번 깜빡이는 것보다도 더 빨랐다.

더구나 즉사한 자들은 한 명도 쓰러지지 않고 그 자리에 통나무처럼 굳은 채 서 있었다.

아마 멀리서 누가 보더라도 이들이 죽었을 것이라고는 상상도 못할 것이다.

맞은편 북현창대 전각군 끝에 은둔해 있는 귀혼 등은 그 광경을 보면서 경이로움에 입을 다물지 못했다.

이어서 진검룡은 땅에 서 있는 열 명의 호위고수 머리 위에서 기척없이 스르르 하강했다. 이번에는 오른쪽 끝이다.

그는 오른쪽 끝에서부터 호위고수들을 한 명씩 차례로 뒷목을 지풍으로 찔러서 즉사시키며 왼쪽으로 이동했다.

그런데 그가 일곱 번째 호위고수를 죽이고 막 여덟 번째로 이동하면서 손을 뻗는데 여덟 번째 호위고수가 무심코 힐끗 그가 있는 쪽으로 고개를 돌렸다.

진검룡의 존재를 감지하고 고개를 돌린 것은 결코 아니다. 그저 무심결의 행동일 뿐이었다.

아무리 진검룡이라고 해도 그런 것까지는 미리 예측하지 못했기에 흠칫했다.

"아……."

진검룡을 발견한 호위고수는 놀라서 소리를 지르려고 입을 벌리다가 미간 한복판에 지풍이 적중당해서 눈을 부릅뜬 채 숨이 끊어졌다.

하지만 중요한 것은 그가 죽기 직전에 신음처럼 내지른 미약한 탄성이다.

그 때문에 마지막 두 명이 급히 진검룡 쪽을 돌아보다가 놀라서 눈을 부릅떴다.

순간 아홉 번째와 열 번째 호위고수는 크게 놀라면서도 다급히 피하는 동작을 취하면서 검을 뽑기 위해서 오른손을 어깨로 가져갔다.

팍!

다음 순간 진검룡의 지풍이 아홉 번째 호위고수의 미간을 관통했다.

그러나 열 번째 호위고수는 아홉 번째 호위고수에게 가려져 있었기 때문에 진검룡은 급소를 찾지 못해서 지풍을 발출하지 못했다.

만약 급소를 정확하게 적중시키지 못하게 되면 처절한 비명 소리를 터뜨릴 것이기 때문에 어설픈 공격은 하지 않는 편이 좋다.

하지만 그 찰나의 순간에 열 번째 호위고수가 고함을 지르면 모든 것이 허사가 돼버린다. 그리고 지금으로선 진검룡도 어떻게 할 방법이 없었다.

슝—

그때 진검룡은 눈앞에서 흰 광채가 수평으로 번뜩이는 것을 발견했다.

그의 등에 업혀 있던 부상쾌는 혹시나 하는 마음에서 아까부터 오른손으로 어깨에 메고 있는 검의 검파를 잔뜩 움켜잡고 있었다.

그런데 방금 위기의 순간이 닥치자 앞뒤 잴 것 없이 발검하여 그대로 아홉 번째와 열 번째 호위고수의 목을 한꺼번에 베어버린 것이다.

투둑.

목이 잘린 두 개의 수급이 땅에 떨어지는 것을 보면서 진검룡이 손으로 부상쾌의 궁둥이를 두드려 주었다.

[잘했다.]

칭찬을 들은 부상쾌는 가슴이 터질 것처럼 기뻐서 검을 검실에 꽂고는 얼른 그의 가슴을 끌어안으며 몸을 밀착시키고는 교태를 부렸다.

[그럼 상으로 계속 업어주세요.]

그러나 그녀는 전방에서 귀혼과 경혼조원, 경혼검수들이 달려오는 것을 발견하고 제풀에 겨워서 슬그머니 진검룡의 등에서 내려섰다.

슈슈슉!

다음 순간 진검룡을 필두로 경혼조와 경혼검대들이 속속 호천각의 이층으로 솟구쳐 올랐다.

이어서 이층의 창을 열고 소리없이 안으로 잠입했다.

第七十八章
치욕보다는 죽음을

大中原

전체 삼백사 명 중에서 진검룡의 제일조부터 제십조까지만 호천각에 잠입하고 나머지는 북현창대 호천각에서 가장 가까운 전각 안에 숨어 있었다.

　진검룡 등이 들어선 곳은 이층의 대전인데 아래층으로 내려가는 계단 입구에 한 명의 호위고수가 등을 보인 채 서 있을 뿐 아무도 없었다.

　진검룡이 지풍을 발출하자 일직선으로 쏘아가서 호위고수의 뒤통수에 적중했다.

　그가 앞으로 고꾸라지려는 것을 경혼검수 한 명이 빠르게 쏘아가 붙잡아 한쪽 구석에 앉혀서 기대어 놓았다.

그러는 사이에 진검룡은 경혼조와 제삼조, 제사조, 제오조를 이끌고 계단을 올라 삼층으로 향하고, 귀혼은 제이조와 제육조부터 제십조까지 이끌고 이층 복도를 바람처럼 쏘아갔다.

소호의 실토에 의하면 백소운은 호천각 삼층 한가운데 방에 머문다고 했다.

그 방은 둘레에 모두 여덟 개의 방이 있으며, 낮 동안은 총 아홉 개의 방 벽을 다 터서 하나의 방으로 만들어 백소운 혼자 사용하지만, 밤이 되면 최측근 호위고수, 즉 호천사십위(昊天四十衛)가 묵는다고 했다.

또한 매일 밤 호천사십위 중에서 여덟 명이 백소운의 방 사방 복도를 두 명씩 조를 이루어 호위하는데, 호천위들은 사무신대 만 이천 명 중에서 엄선했기 때문에 최강의 실력을 지녔다는 것이다.

오늘 밤에 이곳에 잠입하기 전까지는 소호의 실토를 다 믿었으나 지금은 믿지 않는다.

오히려 그녀의 실토가 진검룡의 생각을 흐리게 만들고 있었다. 그러므로 차라리 그녀가 했던 말들을 모두 잊어버리고 이곳에서 직접 몸으로 부딪치면서 순간순간 결정하는 편이 나을 것이라는 생각이 들었다.

슈우욱!

계단을 밟지 않고 수직으로 쏘아 오른 진검룡은 계단 위에 두 명의 호위고수가 서 있는 것을 발견하고 지체없이 지풍을 쏘아냈다.

퍼퍽!

두 명의 호위고수는 무언가 솟구치는 희끗한 인영을 쳐다보다가 미간에 아주 작은 구멍이 뚫려 즉사했다.

뒤따라 오르던 부상쾌와 경혼검수가 쓰러지는 호위고수를 잡아서 재빨리 바닥에 눕히고는 계속 진검룡의 뒤를 따르려고 했으나 그의 모습은 이미 사라지고 없었다.

스릉—

진검룡은 백소운의 방으로 유성이 흐르듯이 쏘아가면서 어깨의 의천검을 뽑았다.

의천검은 그가 사문을 떠나 천의맹으로 올 때 사부 천추검제 유운학이 하늘을 대신하여 천하의 정의를 바로 세우라면서 하사한 명검이다.

진검룡은 그 검으로 정의를 더럽힌 백소운과 유운학을 응징할 생각이었다.

슈우—

복도 모퉁이를 돌아서 쏘아가자 저만치 전면에 금의단삼을 입은 두 명의 고수가 나란히 서 있는 옆모습이 보였다. 호천위다.

그 두 명은 진검룡이 쏘아오고 있는 것을 모르고 있었다. 그러나 가까운 쪽에 있는 자가 뭔가 이상함을 느꼈는지 힐끗 이쪽을 쳐다보다가 안색이 확 급변했다.

하지만 그때는 진검룡이 벌써 이 장까지 쇄도하고 있는 중이었다. 피하는 것은 물론이고 반격이나 소리를 지를 겨를조차도 없다.

의천검이 허공을 갈랐다. 일체의 파공음도 흐르지 않았다. 단지 나란히 서 있는 두 명의 머리를 한꺼번에 쪼갤 때 실 끊어지는 듯한 미약한 음향이 났다.

파아.

두 명의 호천위는 신음조차 흘려내지 못하고 머리가 세로로 쪼개졌다.

사무신대에서 엄선된 최정예 고수라고 해도 진검룡에겐 허수아비 같을 뿐이다.

스르……

진검룡은 천천히 문을 열고 방 안으로 미끄러지듯 들어섰다.

실내는 어두웠으나 그에게는 아무런 문제도 되지 않았다. 무척이나 넓고 화려한 실내의 한쪽에 오색의 비단으로 만들어진 휘장이 바닥까지 드리워져 있고, 그 안쪽 침상 위에 한 여자가 누워 있는 모습이 보였다.

'있다!'

진검룡은 침상의 여자가 백소운일 것이라고 판단했다.

그러나 다음 순간 그는 침상의 여자가 백소운이 아니라는 것을 깨달았다.

아무리 깊은 잠에 빠졌다고 해도 백소운 같은 초절고수라면 진검룡이 문을 열고 들어오는 기척 정도는 능히 감지했어야 마땅하다.

아니, 어쩌면 감지했을지도 모른다. 숨소리와 기척만으로도 진검룡이라는 사실을 간파하고 그가 가까이 다가오기를 기다리고 있는지도 모르는 일이다. 그러니까 진짜 백소운일지도 모른다.

쿠쿵!

그때 방금 전에 죽인 두 명의 호천위가 열어놓은 문밖에서 둔탁한 소리를 내며 쓰러졌다.

뒤를 이어 경혼조와 경혼검수들이 백소운 방 둘레를 지키는 호천위들과 각 방에서 자고 있는 호천위들을 급습하여 마구잡이로 죽이는 소리가 사방에서 들려왔다.

휘장 안의 여자에게서 시선을 떼지 않고 있던 진검룡은 그제야 여자가 움찔 몸을 떨면서 놀라는 것을 발견했다.

결국 그녀는 백소운이 아니었다. 백소운은 놀라더라도 몸을 떠는 따위는 하지 않는다.

백소운을 가장하고 있는 여자는 진검룡에게 등을 보이고 돌아누운 채 꼼짝도 하지 않았다.

방금 움찔 떠는 것을 진검룡이 발견했다는 사실을 모르는 것인지 계속 자는 체했다.

확!

진검룡은 미끄러지듯이 쏘아가서 휘장을 거칠게 제쳤다.

그와 동시에 침상 위의 여자가 머리맡의 검을 잡으면서 재빨리 상체를 일으키며 검을 뽑아 공격하려고 했다.

척!

"아……."

여자의 몸이 정지하며 굳어졌다. 의천검의 검첨이 턱밑에 찌를 듯이 겨누어져 있었기 때문이다.

여자가 할 수 있었던 동작은 상체를 약간 뒤채면서 고개를 돌리다가 중간에서 정지한 것뿐이다. 손끝은 머리맡의 검에 닿지도 않았다.

여자는 이십대 후반의 나이에 차가운 미모와 매우 농염한 몸매를 지녔다.

속곳 위에 잠자리 날개처럼 얇은 나삼을 걸친 모습이라서 몸의 굴곡이 여실히 드러났다.

그러나 난데없이 벌어진 상황 때문에 온몸이 긴장으로 단단하게 굳어 있었다.

진검룡은 그녀가 누군지 알고 있었다. 예전 천의맹 낙양총부 시절에 주작편대의 부대주 중 한 명이었다.

아마 주홍(朱紅)이라는 이름이었을 것이다. 그런데 그녀가 백소운으로 가장하여 호천각에 있을 줄은 예상하지 못했던 일이다.

물론 진검룡이 주홍을 알고 있는 것보다 그녀가 진검룡을 더 잘 알고 있을 것이다.

"대주……."

"소운은 어디에 있느냐?"

주홍이 잔뜩 겁에 질린 표정으로 입을 여는 것을 진검룡이 잘랐다.

그녀의 기억 속에서는 진검룡이 여전히 청룡검대주로 남아 있을지 모른다. 그 시절의 기억이 너무 강렬했기 때문일 터이다.

그리고 그녀가 겁먹은 표정을 짓는 것은 죽음 따위가 두렵기 때문이 아니다. 진검룡을 두려워하고 있는 것이다.

"모릅니다."

"모른다면 죽어야 한다."

"그래도… 모릅니다."

진검룡은 그녀가 오기로 모르쇠를 연발하는 것이 아니라 정말 모르는 것이라고 그녀의 표정을 보고 간파했다.

사방에서 들려오던 호천위를 죽이는 소리는 점차 잦아들더니 곧 적막이 찾아들었다. 경혼조원들과 경혼검수들이 호천위들을 모두 죽인 것이다.

퍽!

검첨이 주홍의 미간을 깊이 찔렀다가 빠져나왔다. 미간에 혈화흔이 아름답게 피어났다.

주홍은 진검룡을 말끄러미 바라보면서 눈을 몇 번 깜빡이다가 옆으로 풀썩 쓰러졌다.

진검룡은 의천검을 검실에 꽂으며 빠르게 방을 나갔다.

밖에서는 부상쾌와 경혼조원들, 귀혼이 기다리고 있는데 귀혼이 공손히 허리를 굽히며 보고했다.

[호천각 전체를 몰살시켰습니다.]

귀혼은 허리를 펴면서 진검룡 옆으로 힐끗 실내를 재빨리 살펴보았다.

침상에 옆으로 쓰러져서 죽은 주홍은 얼굴을 문 쪽으로 향하고 있어서 귀혼은 진검룡이 백소운을 죽이지 못했음을 깨달았다.

"저년이 천의맹주야?"

그때 실내를 들여다보던 낭랑이 전음이 아닌 육성으로 불쑥 물었다.

"아니다. 가자."

진검룡도 육성으로 대답하고 몸을 돌리자 모두들 일사불란하게 그를 따랐다.

"독고무헌을 족쳐야 한다."

그의 말에 귀혼과 일행은 어떻게 된 일인지 대충 짐작할 수 있었다.

사무신왕은 백소운이 어디에 있는지 알고 있을 것이다. 천의맹의 이인자가 그것을 모를 리 없다.

그러므로 소호는 백소운의 행방을 알고 있었으면서도 진검룡에게 거짓말을 했다.

소호는 또 한 가지에 대해서 말해주지 않았다. 사무신대 동서남북 네 방향의 전각군을, 사무신대에서 열 명씩 선발된 사십 명의 순찰대(巡察隊)가 매 한 시진마다 순찰한다는 사실이다.

그녀가 죽어가면서 한 복수는 지금 진검룡의 발목을 잡기 시작했다.

[주군, 포위됐습니다.]

창밖을 내다보다가 움찔 놀란 경혼검수 한 명이 급히 진검룡에게 보고했다.

진검룡은 즉시 창가로 가서 옆으로 비껴서 아래를 굽어보다가 안색이 가볍게 변했다.

족히 수천 명은 되어 보이는 고수들이 호천각에서 멀찍이 물러나 겹겹이 포위하고 있었다.

또한 그들이 서호도대와 남작편대라는 사실을 한눈에 알아볼 수 있었다.

모두들 긴장된 표정으로 진검룡을 주시하는데, 유독 경혼조원들만 태연한 표정들이다.

오히려 낭랑은 싱긋 미소 지으면서 팔꿈치로 진검룡을 툭 건드렸다.

"헤헷! 도둑고양이처럼 살금살금 다니는 게 지겨웠는데 잘 됐네? 한판 거하게 벌여보자구!"

진검룡이 귀혼을 쳐다보자 그는 무슨 뜻인지 알아차리고 즉시 반대편으로 달려갔다가 잠시 후에 돌아와서 전음으로 보고했다.

[다행히 밖에 있는 수하들은 무사한 것 같습니다.]

호천각에는 진검룡이 이끄는 제일조부터 제십조까지만 들어왔으며 모두 백육 명이다.

밖에 있는 백구십팔 명은 북현창대 호천각 쪽 마지막 전각 안에 숨어 있기 때문에 순찰대나 포위망을 구축한 사무신대 고수들에게 발각되지 않은 것이다.

진검룡은 천천히 경혼조원들과 경혼검수들을 둘러보았다.

그들은 진검룡 앞쪽과 좌우에 바투 모여 서 있는데 추호도 두려워하는 표정이 아니다. 아니, 오히려 투지에 불타고 있는 모습이다.

무악과 미미는 진검룡의 부드러운 시선이 자신들에게 이르자 환하게 웃어 보였다.

"제 평생에 최고의 행운은 사부님을 만난 것이었고, 최고로 행복했던 시간은 사부님과 함께 보냈던 이 년간이었습니다. 시골 무지렁이로 평생을 살 뻔했던 저에게 사부님께선 남아가 해야 할 일이 무엇인지를 가르쳐 주셨습니다. 그것은 천하의 정의를 바로 세우는 일입니다. 제가 하고 있는 이 일이 정의롭다고 믿기 때문에 조금도 두렵지 않습니다."

"저두요, 사부님."

와펑이 껄껄 웃었다.

"악이가 저렇게 말을 잘하는 줄은 몰랐는데? 우리가 하고 싶은 말을 다 해버렸어. 허허헛!"

주룩이 눈을 반짝거리면서 진검룡을 보며 미소 지었다.

"조장님! 그동안 정말로 무지막지하게 행복했습니다! 이상입니다!"

경혼조원들은 목이 부러질 것처럼 고개를 끄덕였다.

"맞아. 우리 조장님하고 함께한 이 년 동안은 정말 행복했었어. 최고의 인생이었지."

"하하핫! 곤명성에서 무적 경혼조가 떴다 하면 볼 만했었지!"

"하하하! 그래도 난 진원분타 시절이 좋았다. 힘든 하루 일과를 마치고 밤이면 무악네 주루에 모두 모여서 맛있는 요리에 향기로운 술을 마시며 덩실덩실 춤추면서 목청껏 노래 부르며…… 아아! 다시 돌아갈 수 없을까? 그럴 수만 있다면 목이라도 내놓겠는데……."

동풍의 마지막 말은 목이 메어서 이어지지 않았다.

그 말에 모두들 눈시울이 붉어지면서도 아련하게 행복한 표정들을 지었다.

"제기랄. 정말이지 경혼조 같은 조는 천하에 둘도 없을 거

라구."

낭랑이 이죽거리는 말투로 말문을 열었다.

"우리 중에서 조장에게 음경, 옥문, 똥구멍 안 보인 사람 누구 있나? 다들 보였지?"

귀혼과 경혼검수들이 놀라는 표정을 지어도 낭랑의 변죽은 멈추지 않았다.

"헤헤… 그런데 우리 중에서 조장 음경하고 똥구멍 본 사람은 나 하나뿐일걸?"

그녀는 경혼조원들을 둘러보며 으쓱거리다가 소매를 걷어 팔뚝을 쑥 내밀며 입에서 침을 튀겼다.

"조장 거시기는 이것보다 훨씬 더 커. 거기에 한 번 찔리면 어떤 여자든지 뒈질 거야, 아마."

귀혼과 경혼검수들은 예전에 엄숙하고 과묵하기만 했던 진검룡이 설마 그럴 리가 있겠는가 하는 표정을 지었다.

"나 사부님 음경에 찔려서 죽고 싶어."

그때 낭랑 옆에 서 있던 주소영이 진검룡의 사타구니를 빤히 주시하면서 얼굴을 붉히며 조그만 소리로 중얼거렸다.

"얘가… 너 그러다가 가랑이 찢어져서 곱게 못 죽어. 너 말하고 토끼하고 어째서 부부가 될 수 없는지 아니? 거시기가 맞지 않기 때문이야."

낭랑이 정색을 하고 꾸짖자 경혼조원들은 물론이고 경혼검수들까지도 지금이 어떤 상황인지도 잊은 듯 와하하! 하고 박장대소를 터뜨렸다.

'검룡, 역시 자네였군.'

포위망 뒤쪽 이층 전각의 지붕에 우뚝 서서 표표히 옷자락을 날리며 호천각을 주시하고 있는 인물이 있었다.

큰 키에 당당한 체구. 어깨에는 한 자루 대도를 메고 있으며, 부리부리한 눈에 우뚝한 코와 큼직한 입, 턱까지 짙고 검게 자란 구레나룻. 한마디로 대장부의 용모에 용맹함으로 무장한 진짜 사나이다.

서호신왕 독고무헌, 바로 그였다.

그는 호천각 안에서 진검룡과 경혼조원, 경혼검수들이 나누는 대화를 듣고 있는 중이었다.

그는 진검룡이 예전하고는 몰라보게 달라졌다는 사실을 방금 깨달았다.

그리고 그가 진정으로 행복해하고 있다는 사실도 더불어서 알게 되었다.

'자네가 부럽군.'

독고무헌은 진심으로 진검룡이 부러웠다. 이제 머지않아 벌어질 싸움에서 진검룡은 절대적으로 불리하다.

기적이 일어나지 않는 한 그는 오늘 밤 이곳에서 숨을 거두게 될 것이다.

그럼에도 불구하고 독고무헌은 진검룡이 부러웠다. 저렇

게 진심으로 그를 따르고 존경하는, 그리고 사랑하는 제자들과 수하들이 있지 않은가.

아니, 독고무헌이 보기에 그들은 진검룡의 수하들이 아니다. 친구며 벗이며 연인들이다.

문득 독고무헌은 자신에 대해서 되돌아보았다. 과연 나는 지금 어떤가?

그가 거느리고 있는 삼천 명의 수하들 중에서 그와 함께 지냈기에 진정으로 행복했노라고, 그래서 지금 당장 죽어도 여한이 없다고 말해줄 수하가 한 명이라도 있을까?

수하가 상전에게 거침없이 음경과 똥구멍에 대해서 말하고, 또 정사를 하고 싶다고 하는 것은 위계질서가 무너지는 것이 아니다.

그것은 진정한 화합이다. 상전을 진심으로 존경하고 신뢰하기 때문에 저럴 수 있는 것이다.

독고무헌은 씁쓸한 미소를 머금었다.

'후후… 검룡, 그 무엇으로도 자넬 이길 수 없는 것은 예나 지금이나 변함이 없군.'

[조금만 더 시간을 끌자.]

진검룡의 전음이 모두의 뇌리를 잔잔하게 울렸다.

[자정이 되면 무당파와 구궁신문이 무창총부 공격을 개시할 것이다.]

그 사실은 진검룡과 귀혼만 알고 있었기 때문에 모두의 얼굴에 놀라움과 환한 표정이 떠올랐다.

촉새 같은 낭랑이 무슨 말을 하려는 것을 진검룡이 손을 뻗어 제지하면서 다시 전음을 보냈다.

[어쩌면 팔대문파가 공격할지도 모르고, 운이 따라준다면 팔대문파를 비롯하여 사십오 개 문파가 총공격을 할지도 모른다. 희망을 버리지 마라.]

그 말에 모두의 눈이 반짝반짝 영롱하게 빛났다. 조금 전까지만 해도 육천 대 삼백사의 싸움이 될 뻔했는데, 이제는 해볼 만한 싸움이 될지도 모른다는 기대가 생겼다.

진검룡은 모두를 둘러보면서 다시 전음을 보냈다.

[무당파의 공격이 시작되면 포위망이 흩어질 테니 그때를 노리고 공격하자.]

모두들 고개를 끄덕이고 주먹을 힘껏 움켜쥐면서 새로운 희망에 부풀었다.

[그렇더라도 어려운 싸움이 될 것이다. 무창총부 고수들은 최정예다. 팔대문파보다 훨씬 막강하다.]

진검룡은 진중하게 말을 꺼냈다가 잠시 후에 엄숙한 표정으로 말을 이었다.

[상황이 불리해지면 무슨 수를 써서라도 도주하라. 상황이 불리해졌다는 것은 이길 승산이 없다는 뜻이다. 그런 싸움은 더 이상 할 필요가 없다.]

진검룡 입에서 '도주'라는 말이 나오자 모두들 적이 놀라는 표정을 지었다.

　[귀혼.]

　[하명하십시오.]

　[네가 책임지고 도주로를 뚫어라. 그리고 한 명의 낙오자도 없이 전력으로 이곳을 벗어나라.]

　진검룡이 귀혼에게 하는 전음은 모두에게 들리지 않았으나 두 사람의 표정을 보고 대충 무슨 내용인지 짐작했다.

　잠시 고개를 숙이고 있던 귀혼이 고개를 들고 진검룡을 바라보며 물었다.

　[주군께선 어떻게 할 계획이십니까?]

　진검룡의 눈빛이 조금 강렬해졌다.

　[나는 반드시 백소운과 유운학을 죽일 것이다.]

　반면에 귀혼의 눈빛은 흐려졌다. 그는 무슨 말인가 하려는 듯 몇 번인가 목젖이 꿈틀거리다가 이윽고 용기를 내서 입을 열었다.

　[주군께서 가시지 않으면 속하도 가지 않겠습니다.]

　항명(抗命)이다.

　진검룡이 쳐다보자 귀혼은 고개를 숙이거나 눈을 내리깔지 않고 똑바로 마주 쳐다보았다.

　마치 눈을 피하면 진검룡을 잃기라도 할 것 같은 대단한 각오가 엿보였다.

진검룡은 가볍게 고개를 끄덕이고 나서 모두를 둘러보며 전음을 보냈다.

[운남성 진원현에서 만나자.]

갑자기 모두의 눈이 빛을 발했다.

[소, 속하들도 가도 됩니까?]

경혼검수 한 명이 들뜬 표정으로 물었다. 경혼검수들은 경혼조와 오랫동안 함께 생활했기 때문에 진검룡과 경혼조가 진원분타에서 어떤 시절을 보냈었는지 잘 알고 있다. 그래서 그것을 몹시 부러워했었다. 경혼검수들은 진검룡과 정답게 보낸 적이 없었다.

[물론이다.]

진검룡이 미소를 지으며 고개를 끄덕이자 경혼검수들은 한껏 기대에 부푼 표정을 지었다.

그때 밖이 소란스러워졌다. 싸우는 소리가 사방에서 요란하게 들려왔다.

진검룡이 밖을 내다보니 포위망 뒤쪽을 형성하고 있던 서호도수와 남작편수 수백 명이 사방으로 흩어져서 쏘아가고 있는 광경이 보였다. 그리고 그들이 쏘아가는 방향에서 싸우는 소리가 들려왔다.

무당파가 공격을 개시한 듯했다. 그런데 사방으로 쏘아가는 고수들의 수가 꽤 많은 것으로 미루어 무당파만 공격해 온 것이 아닌 것 같았다.

잠깐 사이에 호천각 주위에 이천여 명만 남겨두고 사천여 명이 사방으로 흩어졌다.

진검룡은 밖을 살피다가 문득 한곳에 시선이 멈추었다. 그곳에는 독고무헌이 지붕 위에 우뚝 서 있는 모습이 보였다.

독고무헌은 지붕 아래의 수하들에게 뭔가 지시를 내리고 있는 모습이었다.

진검룡은 귀혼에게 지시했다.

[포위망의 가장 취약한 부분을 안팎에서 동시에 공격해서 뚫어라. 그 후에 무당파 등과 합세하여 싸우도록 해라.]

포위망 밖에 있는 백구십팔 명과 합세하여 안팎에서 한군데를 집중적으로 공격하여 뚫으라는 얘기다.

말을 마치고 그는 즉시 창밖으로 신형을 날려 곧장 독고무헌을 향해 쏘아갔다.

호천각 삼층에서 독고무헌이 있는 곳까지는 삼십여 장의 먼 거리지만 진검룡은 단숨에 수평으로 쏘아갔다.

독고무헌은 수하들에게 지시를 내리느라 진검룡이 쏘아오는 것을 미처 발견하지 못했다.

하지만 진검룡은 그를 암습하지 않고 나직하지만 힘이 실린 목소리로 불렀다.

"무헌!"

독고무헌은 움찔 놀라 진검룡을 쳐다보았다.

삭—

진검룡은 독고무헌 삼 장 앞에 가볍게 내려섰다.

두 사람은 잠시 동안 아무 말도 하지 않고 서로를 주시하기만 했다.

잠시 시간이 흐르는 동안 진검룡은 우선 독고무헌을 설득하기로 마음먹었다.

독고무헌이 결심하기에 따라서 지금 벌어지고 있는 싸움을 중지시킬 수도 있고, 백소운과 유운학의 행방을 알아내어 수고를 덜 수도 있기 때문이다.

독고무헌은 백소운의 명령을 받아 총신계를 전멸시킨 원흉 중의 한 명이지만, 지금 그가 협조를 해준다면 용서할 수도 있다고 진검룡은 생각했다.

"무헌, 이것이 네가 생각하는 정의냐?"

진검룡이 불쑥 묻자 독고무헌은 씁쓸한 표정을 지으며 고개를 가로저었다.

"이런 것은 정의도 뭣도 아닐세. 이것은 그저 무차별적인 폭정(暴政)일 뿐이야."

과거 진검룡은 천의맹 내에서 독고무헌이 가장 정의로운 인물이라고 생각했었다.

그의 생각은 틀리지 않았다. 독고무헌은 회의를 느끼고 있는 듯했다. 그래서 어쩌면 일이 잘 풀릴 수 있을 것이라고 짐작했다.

진검룡의 목소리가 꾸짖음으로 변했다.

"그렇다면 너는 어째서 그들의 하수인이 되어 대죄를 짓고 있는 것이냐?"

독고무헌의 표정이 복잡하게 변했다.

그때 호천각 쪽에서 요란하게 싸우는 소리와 비명 소리가 터져 나왔다.

진검룡은 귀혼이 이끄는 호천각 안의 백오 명과 바깥쪽의 백구십팔 명이 드디어 양동 공격을 개시했을 것이라고 짐작했다.

이천여 명 대 삼백삼 명의 싸움. 경혼조와 경혼검대가 강하다고는 하나 수적으로 절대 불리하다. 그렇기 때문에 한시바삐 독고무헌을 설득해야 한다.

"더 이상 죄를 짓지 않으려면 어서 싸움을 중지시켜라. 그리고 백소운과 유운학이 있는 곳을 말해다오."

"제대로 정신이 박힌 사람이라면 당연히 그래야겠지."

독고무헌은 밤하늘을 쳐다보면서 허허로운 표정을 지었다.

그러는 중에도 호천각의 북쪽에서 비명 소리가 계속 터져 나오고 있었다.

진검룡은 그 비명 소리 중에 경혼조원이나 경혼검수들이 끼어 있을까 봐 마음이 초조했다.

예전에 청룡검대주였을 때의 그는 수하가 죽는 것을 안타까워하기는 했으나 그것은 어디까지나 자신에게 주어진 임무였으며, 그리고 정의를 바로잡기 위해서는 어쩔 수 없는 일이라고 여겼었다.

그러나 지금은 아니다. 정의를 바로잡는 것도 중요하지만 소중한 사람들의 생명을 지키는 일이 더욱 중요하다.

그는 정의도 바로잡아야 하면서 동시에 소중한 사람들의 생명도 지켜야 하는 마치 양날의 칼을 맨손으로 잡고 있는 듯한 기분을 맛보고 있었다.

진검룡이 경혼조원들과 경혼검수들을 걱정하고 있을 때 독고무헌의 허허로운 목소리가 들렸다.

"그러나 나는 그럴 수 없네."

독고무헌은 진검룡의 날카로운 눈빛을 피해 허공을 보면서 조용히 뇌까렸다.

"나는… 소운을 사랑하고 있네."

"……!"

순간 진검룡은 쇠망치로 뒤통수를 한 대 얻어맞은 듯한 충격을 받았다.

"일전에 너는 백소운이 너에게 고혈제령술을 전개해서 어쩔 수 없이 이용당하는 것이라고 말하지 않았느냐?"

"그랬었지. 그리고 그것은 사실이네."

"그런데도 그녀를 사랑한다는 망발을 할 수 있단 말이냐? 그녀가 예전의 천의맹주가 아니라 마녀가 됐다는 사실을 알면서도?"

"그렇다네. 그래도 나는 그녀를 사랑하네."

"미친……."

진검룡의 검미가 잔뜩 찌푸려졌다.

독고무헌의 얼굴에 씁쓸한 미소가 드리워졌다.

"그녀가 처음 천의맹에 왔을 때… 나는 그녀를 보는 순간 걷잡을 수 없이 사랑에 빠졌었네. 그러나 자네의 정혼녀였기 때문에 마음을 감추고 먼발치에서 그녀를 바라보는 것으로 만족해야만 했지."

진검룡은 그의 말이 귀에 들어오지 않았다. 경혼조와 경혼검대의 안위 때문이다.

그때 독고무헌이 그를 똑바로 쳐다보며 말했다.

"자네에게 목숨보다 중요한 것이 정의라면, 내게는 목숨보다 중요한 것이 소운에게 향한 사랑일세."

그것은 역설이 아니다. 충분히 그럴 수 있다. 사람은 신념을 위해서 목숨을 바치는 것이 아닌가.

다만 독고무헌의 신념이 진검룡하고 다를 뿐이다. 그의 신념을 나무랄 수는 없는 일이다.

"그러나 내가 죽으면 사랑도 끝나는 것이지. 죽고 난 후에는 소운이 어떻게 되든 내 알 바 아닐세."

숭고함 따위하고는 거리가 먼 이른바 실리적인 사랑이다. 내가 죽으면 사랑도 끝난다는 것이다.

독고무헌은 오른손을 어깨로 가져가더니 천천히 도를 뽑

기 시작했다.

스릉.

"나를 꺾으면, 그래서 나를 죽음에 직면하게 만들면 자네가 원하는 것을 말해주겠네."

백소운과 유운학이 있는 곳을 말해주겠다는 것이다. 그러나 호천각에서 벌어지고 있는 싸움을 중지시킬 생각은 없다는 뜻이기도 하다. 소호가 그랬듯이, 이것은 독고무헌의 또 다른 복수인가?

그러고 보니까 진검룡은 지난날 독고무헌과 싸움은커녕 비무조차도 해본 적이 없었다.

그래서 그가 강하다는 사실은 익히 알고 있으나 얼마나 그리고 어떻게 강한지는 알지 못했다.

"어리석구나, 무헌."

진검룡은 눈에서 불을 뿜으며 꾸짖었다.

독고무헌은 푸른빛이 감도는 대도를 오른손으로 잡아 비스듬히 지붕을 향해 뻗으며 빙그레 미소 지었다. 진검룡이 익히 보아왔던 그 푸근한 미소다.

"검룡, 나는 그저 한 여자를 사랑할 뿐일세. 그게 죄라면 어쩔 수 없네."

그 말에 진검룡은 말문이 막혔다. 그러면서 문득 운남성 강천현 은성에 두고 온 옥청이 생각났다.

만약 독고무헌이었다면 옥청을 놔두고 오지 않았을 것이

다. 아니, 정의를 바로 세우기보다는 옥청과 행복하게 사는 것을 택했을 것이다. 그것이 그의 신념이므로.

어쩔 수 없다. 이제 남은 방법은 독고무헌을 쓰러뜨리는 것뿐이다.

"조심하게, 검룡. 원래 칼에는 눈이 없네."

독고무헌은 잔잔하게 말했다.

그러나 다음 순간 그는 어느새 진검룡 일 장 앞에서 무시무시하게 쇄도하고 있었다.

그것은 마치 그가 원래부터 일 장 앞에 있었던 것 같았다. 어떻게 움직였는지 보지도 못했다.

이것이 바로 진검룡이 경험해 본 적이 없는 독고무헌의 진정한 실력이었다.

아니, 독고무헌이 일 장 전면까지 쇄도했는가 싶었는데 어느새 그의 대도가 세로로 진검룡의 정수리를 쪼개오고 있지 않은가.

쿠아앗!

무거운 도는 가벼운 검보다 느리다는 통념(通念)이 산산이 깨지는 순간이었다.

진검룡은 재빨리 옆으로 반걸음 피했다. 아니, 피하는 것과 독고무헌의 도가 내리긋는 것이 동시에 일어났다.

쾌액!

진검룡은 그의 도가 자신의 귓전을 스치는 파공음을 똑똑히 들었다.

아니, 느꼈다. 그것은 마치 진짜 그의 도에 몸이 잘린 듯한 느낌 같았다.

쩌걱—

진검룡의 몸 옆을 아슬아슬하게 스친 도가 지붕을 내려치자 지붕 전체가 산산이 부서져 내렸다.

독고무헌은 진검룡이 지붕에 서 있지 못하게 하느라 일부러 지붕을 부순 것이다.

진검룡은 둥실 허공으로 떠오를 수밖에 없었다. 그러나 그것은 독고무헌의 노림수였다. 그는 진검룡이 어디로 어떻게 떠오를지 이미 간파하고 있었다.

키우웅!

진검룡이 허공으로 떠오르는 순간 독고무헌의 도가 어느새 옆구리를 후려 베어오고 있었다.

파아…….

그 순간 진검룡의 모습이 그 자리에서 사라지는가 싶더니 독고무헌의 뒤에 나타나고 있었다.

그것은 사라진 것이 아니라 실로 눈을 의심하게 만들 정도로 절륜한 경신술이었다.

허리를 옆으로 꺾어 도를 피하면서 몸을 눕혀 독고무헌의 뒤쪽으로 이동하는 것이 워낙 빨라서 육안으로는 보이지 않았을 뿐이다.

승―

의천검이 뽑히면서 독고무헌의 뒤통수를 맹렬히, 그리고 빛처럼 빠르게 찔러갔다.

보통 진검룡이 이 정도로 강력하게 공격을 하면 막거나 피할 수 있는 사람은 아무도 없었다.

독고무헌이 빠르다고 하지만 진검룡의 검만큼 빠르지는 못할 것이다.

쩡!

독고무헌은 피하지 않았다. 그 대신 도를 머리 뒤로 향하게 하여 의천검을 막아냈다.

도와 검이 격돌하는 순간 그는 빙글 몸을 돌리면서 그대로 진검룡의 가슴을 짓이겨 갔다.

싸움이란 한 번 기선을 잡으면 특별한 일이 없는 한 공격하는 사람은 계속 공격을 하고, 수세에 몰린 사람은 계속 피하거나 막아야 하는 것이 상식이다.

하지만 독고무헌은 수세를 순식간에 공세로 반전시키는 놀라운 능력을 지니고 있었다.

진검룡의 공격은 단 한 차례에 무위로 끝났으며 곧바로 독고무헌의 공격을 피해야만 하는 상황에 직면했다.

그러나 진검룡은 당금 무림에서 유일하게 절대자라고 불린 사람이었다.

더구나 그는 지난 일 년 반 동안 각고의 노력 끝에 절검문의 절학을 완성했으며, 그것들을 하나로 모아서 새로운 절학을 만들어내기도 했다.

쿠아앗!

진검룡이 도를 피하자 독고무헌은 실로 숨 쉴 틈을 주지 않고 소나기처럼 공격을 퍼부었다.

하수들은 도와 검으로 상대를 직접 찌르고 베며 맞부딪치면서 싸운다. 공력이 낮아서 검기나 도기를 발출하지 못하기 때문이다.

그보다 고강한 고수들은 검풍이나 도기를 일으켜서 싸운다. 검풍이나 도기에 스치기만 해도 살과 뼈가 눈송이처럼 베어지기 때문이다.

하지만 절정고수 수준에 이르면 다시 하수들처럼 직접 도와 검으로 승부를 한다.

검풍과 도기 정도는 호신강기로 능히 막아낼 수 있기 때문에 직접 찌르고 베어야만 하는 것이다.

물론 그러기 위해서는 절정고수의 도검에 엄청난 공력이 주입되어 있어야 하는 것은 주지의 사실이다.

독고무헌은 불과 두 호흡 만에 이십여 차례의 무시무시한 공격을 퍼부었다.

도저히 예상할 수조차 없는 각도와 상황인데도 그의 도는 진검룡의 온몸 급소를 노리고 베어왔다.

그런데 연신 피하면서 뒤로 물러나던 진검룡이 갑자기 우뚝 멈추는가 싶더니 오히려 독고무헌을 향해 쇄도하면서 의천검을 위에서 아래로 맹렬히 그어 내렸다.

어마어마한 공력이 실려 있는 독고무헌의 공격을 피하지 않고 공격으로 맞부딪쳐 가는 것이다.

고오오— 옴!

얼음 벌판의 아스라이 먼 곳에서 눈보라가 휘몰아치는 듯한 음향이 흐르면서 의천검이 독고무헌의 정수리를 향해 빛처럼 내리꽂혔다.

독고무헌은 자신의 공격을 진검룡이 무시한 채 공격해 오자 가볍게 흠칫했다.

그가 알고 있는 진검룡은 절대 무모한 공격 따위 하지 않는다. 그렇다면 이 공격에는 뭔가가 있다. 하지만 뭔가가 있을 리가 없다.

도가 진검룡의 옆구리를 베어가고 있으며 이미 거리가 반자 남짓에 불과하지 않은가.

그런데 오히려 반격이라니, 찰나지간에 그런 생각을 정리한 독고무헌은 자신의 눈과 경험을 믿고 진검룡의 반격을 무시하기로 결정했다.

눈 한 번 깜빡일 시간, 아니, 그 절반에 절반의 시간이 지나가면 자신의 도에 진검룡의 허리가 베어져 있을 것이라고 믿었다.

후우웅…….

그런데 독고무헌은 무엇인가가 자신의 도를 밀어내고 있는 것을 느꼈다.

그리고 다음 순간 눈앞에서 화악! 하고 몇 개의 눈부신 바퀴[輪]가 나타났다.

모두 다섯 개의 둘레가 칼날처럼 예리한 륜이다. 그것들은 그어오고 있는 의천검보다 더 빠르게 다섯 방향에서 독고무헌을 향해 쇄도해 오고 있었다. 아니, 이미 살 속으로 파고들고 있었다.

그리고 그 순간 그는 그것이 절검문의 이대절학 중 하나인 절륜신검이라는 것과 진검룡이 절륜신검을 완벽하게 대성했다는 사실을 깨달았다.

독고무헌의 도가 밀리는 느낌이 든 이유는 의천검이 만들어낸 다섯 개의 륜 중 하나가 도와 부딪쳐서 밀어내고 있기 때문이었다.

이 상황에서 그가 할 수 있는 일은 이미 펼쳐져 있는 호신강기에 조금 더 공력을 배가시키는 것뿐이었다.

피한다거나 륜에 밀리고 있는 도를 다시 반격으로 전환시키는 일은 이미 늦었다.

파파아아…….

머리와 목, 가슴, 옆구리로 쇄도하던 다섯 개의 륜이 마지막 순간에 슬쩍 방향을 틀면서 독고무헌의 살과 뼈를 가르며 스쳐 갔다.

그는 호신강기를 일으켰으나 다섯 개의 류은 그것을 여지없이 파훼했다. 절륜신검은 검기보다 한 단계 높은 검강이기 때문이다.

독고무헌은 이마가 세로로 두 치 깊이로 갈라졌고, 목 오른쪽 부위는 한 치 깊이, 가슴으로 짓쳐 오던 류은 어깨를 그었으며, 양 옆구리는 세 치 깊이로 베고 지나갔다.

지독한 상처지만 모두 급소를 살짝 비껴 나갔다. 진검룡이 마지막 순간에 다섯 개 류의 방향을 틀어버린 탓이다. 아직 그를 죽여서는 안 되기 때문이다.

"크으으… 절륜신검이라니……."

독고무헌은 철철 피를 흘리며 일그러진 얼굴로 내뱉으면서 휘청거리며 뒤로 물러났다.

그의 전력을 다한 공격은 허무하게도 완벽한 절륜신검 일 초식에 무너져 버렸다.

이제 역력하게 패색이 드러난 그는 기적이 일어나지 않는 한 패하고 말 상황에 처했다.

순간 그는 어금니를 힘껏 악물면서 느닷없이 진검룡을 향해 돌진해 가면서 도를 그어댔다. 스스로 기적을 일으켜 보려는 것이다.

콰우웅―!

도가 산산이 깨져 조각나면서 폭풍처럼 진검룡을 향해 휘몰아쳐 갔다.

조각난 도편(刀片)의 수는 무려 백여 개. 그것들 하나하나에는 그의 필생의 공력이 담겨 있기 때문에 호신강기쯤은 아무렇지도 않게 파훼할 수 있다.

그것은 독고무헌의 최후의 초식이다. 자신의 무기를 산산조각 내고 또 마지막 한 움큼의 공력까지 모조리 쏟아부었기 때문이다.

그런데 악귀처럼 일그러진 얼굴로 공격해 가던 그는 언뜻 진검룡의 얼굴을 보고 움찔했다.

진검룡의 얼굴에 안쓰럽다는 듯한 표정이 떠올라 있는 것을 발견한 것이다.

자신의 최후의, 그리고 필생의 공격을 보면서 안쓰럽다는 표정을 짓다니, 순간 독고무헌은 불길한 예감과 굴욕감에 휩싸였다.

그리고 그것은 곧 현실로 드러났다.

번쩍!

그 순간 진검룡에게서 마치 작은 태양이 폭발하는 듯한 섬광이 뿜어졌다.

'천절뢰장!'

독고무헌의 안색이 백지장처럼 헤쓱해졌다. 절검문 이대 절학의 또 하나인 천절뢰장이, 그것도 극성(極成)의 위력으로 전개된 것이다.

만약 원래 진검룡 수준의 천절뢰장이라면 지금 독고무헌

이 전개하고 있는 최후의 일격을 파훼하지 못한다. 하지만 지금 진검룡이 펼치고 있는 것은 더 이상 오를 곳이 없을 정도로 완벽한 천절뢰장이었다.

꽈르르릉—!

섬광의 뒤를 이어 천번지복의 엄청난 굉음이 터지면서 섬광이 독고무헌을 향해 쏟아져, 아니, 몰아쳐 왔다.

그러나 섬광만 오는 것이 아니었다. 섬광 속에는 독고무헌의 조각난 도편 백여 개가 섞여 있었다. 그러므로 그것은 도편광(刀片光)이라고 해야 옳다.

"……!"

콰콰아아—

섬광이 독고무헌을 휩쓸면서 백여 개의 도편이 그의 온몸을 관통하고 베었다.

그 충격으로 그는 허공으로 쏜살같이 튕겨져 날아갔다.

그는 땅에 떨어져서도 등으로 땅을 긁으면서 오륙 장이나 더 밀려가서야 멈추었다.

슥—

진검룡은 피투성이가 되어 쓰러져 있는 독고무헌의 발치에 우뚝 내려섰다.

독고무헌은 피범벅이었다. 얼굴을 알아볼 수 없을 정도로 참혹한 모습이다.

그러나 진검룡은 천절뢰장으로 백여 개의 도편을 독고무

헌에게 튕겨내면서도 귀신처럼 급소는 피하도록 했다. 어떻게 그럴 수 있는지 그저 신묘할 따름이다.

하지만 독고무헌은 소생할 수 없다. 급소를 피했다고 해도 절륜신검의 다섯 개의 류에 당했고, 연이어 백여 개의 도편에 온몸이 너덜너덜해졌으니 채 일각을 넘기지 못하고 과다 출혈로 죽게 될 것이다.

손을 써서 지혈시킨다고 해도 백여 곳을 지혈하는 사이에 온몸의 피가 다 빠져나갈 터이다.

이곳은 포위망에서 꽤 멀리 떨어진 곳이라서 독고무헌의 수하들이 한 명도 없었다.

진검룡은 묵묵히 독고무헌을 굽어보았다.

"허허허……."

독고무헌은 핏물 속에 얼굴을 담갔다가 뺀 듯한 시뻘건 모습으로 허허롭게 웃었다. 입에서 꾸역꾸역 피가 쏟아져 나오는데도 계속 웃었다.

사람이 지닌 상상력의 한계는 너무도 유한(有限)하다. 그중에서도 살아 있는 사람이 자신의 죽음에 대해서 예상하는 것은 더욱 그렇다.

불과 몇 호흡 전까지만 해도 독고무헌은 자신이 이런 상황에 처하리라고는 예상하지 못했었다.

진검룡이 제아무리 고강하다고 해도 자신의 상대는 되지 못하거나 잘해봐야 팽팽한 접전을 이룰 것이라고 확신했었다.

그랬기 때문에 자신이 죽음에 직면하게 될 상황에 대해서는 추호도 염두에 두지 않았었다.

그리고 그는 직접 이런 상황에 처하게 되자 모르고 있던 사실을 깨달았다.

"검룡, 내가 실언을 했네……."

그는 입에서 꾸역꾸역 피를 쏟아내면서도 미소 지으면서 말을 이었다.

"내가 생각했던 것보다… 소운에 대한 사랑이 깊었네. 이 상황이 되기 전까지는 몰랐었어……."

그 한 가지 깨달음이 그의 죽음에 유일한 위안이 되어주는 것 같았다.

"그래서 나는… 그녀를 지켜줄 의무가 있네……."

그는 자신이 죽게 되는 상황에 처하면 백소운과 유운학의 행방을 말해주겠다고 했던 말을 번복하고 있었다.

진검룡의 얼굴에 잔인한 표정이 떠올랐다. 그는 목적을 위해서 과거의 친구에게 치욕을 안겨주기로 마음먹었다.

슥—

그가 쓰러져 있는 독고무헌을 향해 왼손을 활짝 펴서 뻗자 눈부신 금광이 뿜어져 그의 가슴에 부드럽게 적중됐다.

퍼억!

다음 순간 금광이 독고무헌의 온몸으로 잔물결처럼 빠르

게 퍼져 나갔다.

그러더니 그의 몸에서 흐르던 피가 일제히 멈췄다. 백 군데
가 넘는 상처들이 한순간에 지혈되어 버린 것이다.

독고무헌은 자신의 몸에서 기이한 변화가 일어나는 것을
느끼고는 눈을 부릅떴다.

"내게… 무슨 짓을 한 건가?"

"너를 죽지도 살지도 못하게 만들어놓았다. 너는 이제부터
이 상태로 소운과 유운학의 몰락을 지켜봐라. 그다음에 천천
히 죽어라."

"으으……."

진검룡이 싸늘하게 중얼거리자 독고무헌은 후드득 몸을
떨며 피범벅인 얼굴이 일그러졌다.

독고무헌은 자신의 상태가 소생 불가능하다고 판단했었
다. 그래서 어느 한편으로는 마음이 편했다. 소생하는 것을
포기했기 때문이다.

무인이란 살아 있거나 죽거나 둘 중 하나의 상태여야만 한
다. 그런데 죽지도 살지도 못하는 반생반사(半生半死)의 상태
라는 것은 그 누구도 생각하지 못할 치욕이다.

게다가 그 치욕의 모습을 백소운에게, 그리고 수하들에게
보여줘야 한다는 것은 살아서 무공을 잃은 채 적의 발바닥을
핥는 것만큼 치욕인 것이다.

"검룡… 이런 짓은 정의로운 자네가 할 짓이 아니다……."

독고무헌은 진검룡의 정의심에 호소했다. 하지만 진검룡은 더 큰 정의심을 위해서 작은 정의심을 버린 상태였다. 아니, 독고무헌이 식언을 밥 먹듯이 하는데 구태여 그를 정의롭게 대해줄 필요를 느끼지 못했다.

"내가 아는 소운은 천의맹의 이런 상황을 숨어서 지켜보고 있을 성격이 아니다. 그녀가 나타나면 자네 모습을 보여주도록 하겠네."

"거, 검룡… 제발……."

"나는 너의 심지를 제압하여 그녀 앞에서 내 발바닥을 핥게 만들 수도 있다."

"으으……."

"모든 사람들이 잘 보도록 너를 호천각 지붕에 올려두도록 하겠다."

스으.

진검룡이 왼손을 뻗자 독고무헌의 몸이 저절로 일으켜지더니 선 자세가 되었다. 물론 두 발은 땅에서 한 자 정도 떠 있는 상태다.

슈욱!

진검룡이 수직으로 솟구치자 독고무헌도 따라서 솟구쳤다.

진검룡은 십오 장 높이에서 방향을 꺾어 호천각을 향해 수평으로 쏘아갔다.

"검룡……!"

독고무헌의 목소리가 다급하고 처절해졌다. 그는 엎드린 자세로 쏘아가고 있기 때문에 아래쪽에서 자신의 수하들이 진검룡의 수하들과 싸우고 있는 광경이 한눈에 내려다보였다.

만약 그를 호천각 삼층 지붕에 세워둔다면 모든 수하들이 보게 될 것이다.

그뿐만이 아니다. 백소운이 오게 되면 자신의 참담한 몰골을 보고 어떤 표정을 지을지 상상만 해도 몸이 오그라드는 것 같았다.

남자는 여자에게 강해 보이고 싶어 하는 본능이 있다. 그러나 독고무헌은 초라한 모습을 보여야만 하는 것이다.

독고무헌처럼 강직한 사내는 휠 줄을 모른다. 힘을 가하면 부러진다.

"마, 말해주겠다……."

진검룡이 그를 데리고 호천각 지붕에 내려설 때 결국 그가 참담한 목소리로 내뱉었다.

第七十九章
마녀의 죽음

大中原

역시 경혼조와 경혼검대 삼백여 명으로는 이천여 명의 포위망을 뚫지는 못했다.

그러나 행운이 찾아와 주었다. 도가와 불가의 고수 천여 명이 호천각으로 몰려들더니 경혼조, 경혼검대에 힘을 보태주기 시작한 것이다.

독고무헌에게서 백소운이 있다는 장소를 실토받고 나서 격전장으로 뛰어내리려던 진검룡은 그 광경을 보고 생가을 바꿨다.

백소운이 도주하거나 다른 음모를 꾸미기 전에 잡아야겠다고 생각했다.

독고무헌은 백소운을 사랑하기 때문에 죽음으로 그녀를 지켜주려는 지고한 마음을 가졌었으나 그녀의 성격에 대해서는 알지 못했다.

그녀는 지나칠 정도로 냉정한 여자다. 암고양이와 닮았다. 암고양이는 수컷과 교미를 하던 중에라도 쥐를 발견하면 교미를 그만두고 쥐를 쫓아간다.

교미도 중요하지만 먹이가 더 중요하기 때문이다. 백소운은 그런 여자다.

그녀는 무창총부가 전멸을 한다고 해도 끝까지 모습을 나타내지 않을 것이다.

하지만 최측근을 통해서 이곳 상황을 시시각각 보고받고 지시를 내릴 것이다.

그리고 상황이 악화되면 도주한다. 반면에 상황이 좋은 쪽으로 흐르면 아무 일 없었다는 듯 나타나서 수하들을 독려하고 지휘할 것이다.

그러므로 조금 전에 진검룡이 독고무헌에게 백소운이 나타나서 너의 비참한 몰골을 봐도 좋으냐고 을러댄 것은 그를 겁주기 위한 엄포였었다.

"이제… 죽여다오."

호천각 삼층 지붕에 눕혀놓은 독고무헌이 피를 뒤집어쓴 얼굴로 진검룡을 쳐다보며 말했다. 원하는 것을 주었으니 자신의 요구를 들어달라는 것이다.

진검룡은 독고무헌 때문에 시간을 허비할 생각이 없었다. 그는 왼손을 뻗어 슬쩍 당기는 동작을 취했다.

퍽!

그러자 그에게 전개해 두었던 진기가 거두어지는 순간 그의 온몸 백여 개의 상처에서 동시에 피가 뿜어졌다.

사혈을 눌러서 고이 잠자듯이 죽이는 자비를 베풀어주고 싶지는 않았다.

진검룡도 인간이다. 그에게서 큰 상처를 받았는데 피를 흘리면서 죽어가는 정도로 갚아주는 것도 나쁘지 않다. 이것도 자비라면 자비다.

진검룡이 돌아서는데 독고무헌이 헐떡이며 입을 열었다.

"검룡."

진검룡은 돌아보지 않았다. 죽어가는 자에게 마지막 시선을 준다는 것은 작은 자비를 베푸는 것이다.

독고무헌은 이제 친구도 뭣도 아니기에 무심하게 그의 죽음을 방관해야만 한다.

"미안하네……."

독고무헌의 그 말을 듣고는 진검룡의 방금 전의 생각이 무너져 버렸다.

그래서 힐끗 돌아보자 그는 눈을 감고 있었다. 죽어가고 있었다. 아니, 방금 죽은 것이다.

독고무헌의 말에 의하면 백소운은 천의맹 무창총부에 있지 않았다.

무창총부에서 남쪽으로 삼백여 장쯤 떨어진 어느 아담한 장원에 기거한다고 했다.

과연 그녀다운 앙큼한 발상이다. 무창총부 호천각 삼층에 그럴싸한 자신의 거처를 만들어두고, 더구나 그곳에 자신을 대신할 가짜 맹주까지 버젓이 생활하게 하고는 자신은 뚝 떨어진 곳에서 암살의 위험에서 벗어난 여유있는 생활을 즐기고 있었던 것이다.

독고무헌은 유운학의 거처에 대해서는 모르고 있었다. 그러므로 백소운을 제압하여 족치는 수밖에 없다.

기련장(棄戀莊). 사랑을 버린다는 기이한 이름의 장원에 그녀가 있다고 했다.

과연 진검룡이 예상했던 대로 그녀는 기련장 깊숙한 곳에서 최측근에게 보고를 받고 있었다.

"검룡 가가께서 서호신왕하고 싸우고 있더란 말이지?"

진검룡에게 사랑을 속삭이고 또 맹세했던 그 입이 여전히 사근사근한 목소리를 흘려내고 있었다.

더구나 과거의 정혼자였지만 지금은 적인 진검룡에게는 '검룡 가가' 라고 호칭하고, 수없이 몸을 섞으며 그 품속에서 쾌락에 몸을 떨었을 독고무헌은 '서호신왕' 이라는 지위로 부르고 있었다.

"그렇습니다. 서호신왕께서 월등히 우세하게 싸움을 이끌고 계십니다."

"그래?"

독고무헌이 우세하다는 보고를 들은 백소운의 목소리에 어쩐지 힘이 없고 염려스러움이 배어 있었다.

지금 보고하는 자는 독고무헌이 진검룡을 거세게 몰아치는 장면을 목격하고는 이곳으로 달려온 것이 분명하다.

그렇다면 다음에 보고하러 올 자는 독고무헌의 죽음을 알리러 올 것이다. 또한 그가 얼마나 처참하게 죽었는지도 설명할 것이다.

"검룡 가가께서 서호신왕에게 밀릴 리가 없는데……."

믿기 어렵다는 듯한 백소운의 자늑자늑한 목소리가 창 틈새로 흘러나왔다.

진검룡은 더 이상 들으려고 하지 않았다. 백소운을 처리한 연후에 만약 유운학이 먼 곳에 있다면 다시 무창총부로 돌아가서 싸움을 이끌어야 하기 때문이다.

스으.

그는 일부러 기척을 감추려고도 하지 않고 창을 활짝 열며 빠르게 실내로 쏘아 들어갔다.

"아!"

쟁그랑!

탁자 앞에 앉아서 찻잔을 들어 입으로 가져가려던 백소운이 정면의 창에서 들어서는 진검룡을 발견하고 놀라면서 찻잔을 떨어뜨렸다.

창!

그녀 앞에서 보고하고 있던 한 명의 고수가 곧장 검을 뽑으면서 진검룡을 공격해 왔다.

진검룡은 백소운을 향해 걸어가면서 쳐다보지도 않고 고수에게 슬쩍 왼손을 저었다.

휴웅!

뻑!

"끅!"

고수는 미간이 뻥 뚫려서 그 자리에 뚝 멈추더니 앞으로 고꾸라졌다.

진검룡은 백소운에게서 시선을 떼지 않은 채 그녀의 다섯 걸음 앞에 멈췄다.

그동안 백소운은 그 자리에서 일어나 탁자 옆으로 나와 다소곳이 섰다.

그 모습은 마치 외출에서 돌아오는 남편을 맞이하는 현모양처의 그것과 다르지 않았다.

"검룡 가가."

그녀는 진검룡을 향해 걸어오면서 얼굴 가득 반가운 표정을 떠올렸다.

예전에 진검룡이 임무를 완수하고 돌아올 때 맞이하던 바로 그 미소다. 그러나 진검룡은 지금 임무를 완수하고 돌아오는 길이 아니라 그녀를 죽이러 왔다.

"거기 서라."

백소운은 진검룡과 세 걸음 거리에서 멈추고서는 안타까운 표정을 지었다.

"검룡 가가, 우리가 어쩌다가 이렇게 됐나요?"

진검룡은 그녀하고 아무런 말도 하고 싶지 않았다. 입을 열면 분노가 폭발할 것만 같았다. 그녀에 대한 좋은 기억은 추호도 없다. 단지 추악한 기억과 원한만 가슴속에서 들끓고 있을 뿐이었다.

그런 마음을 아는지 모르는지 백소운은 눈물까지 글썽이면서 더욱 애처로운 표정을 지었다.

"소녀가 검룡 가가를 사랑하는 마음은 예나 지금이나 변함이 없어요. 아니, 오히려 예전보다 더욱 검룡 가가를 사랑하게 되었어요. 왜 그런지 아세요?"

"무헌하고는 요즘도 함께 자느냐?"

"……"

말을 하지 않으려고 했지만 그녀의 가증스러움에 더 이상 참을 수가 없어서 진검룡은 냉랭하게 내뱉었다.

그러자 백소운은 움찔하며 한동안 가만히 있다가 보일 듯 말 듯 한숨을 내쉬었다.

"무헌 가가하고는 거리를 두고 있어요. 하지만 피치 못할 경우에는 어쩔 수 없이……."

피치 못할 경우라니, 정사를 하는데 그런 경우가 있기나 하단 말인가.

한 걸음만 물러나서 보면 그 사람에 대해서 더 잘 보인다는 말이 있는데, 진검룡은 백소운이 더 잘 보이는 정도가 아니라 온갖 정나미가 다 떨어졌다.

"유운학은 어디에 있느냐?"

그녀와 말을 나눈 진검룡은 구역질이 나는 것 같아서 화제를 바꿨다.

"사부님께선……."

진검룡은 그녀의 얼굴을 뚫어지게 주시했다. 그녀가 사실대로 말하지 않을 것을 알기 때문에 그녀의 표정에서 뭔가를 알아내려는 의도다.

"혈마련에 계세요."

"혈마련?"

진검룡은 백소운의 표정을 보고 그녀의 말이 거짓말이 아니라고 생각했다.

그러나 그녀가 순순히 유운학이 있는 곳을 말해줬다는 것에 대해서 놀랄 여유가 없었다. 유운학이 혈마련에 있다는 사실이 훨씬 더 놀라웠기 때문이다.

"놀랐죠?"

그렇게 말하면서 백소운은 씁쓸한 미소를 지었다. 그 미소는 마치 자신도 유운학에게 당했다는, 그래서 진검룡과 동병상련(同病相憐)이라고 말하는 것 같았다.

"사람들은 천의맹이 혈마련을 붕괴시켰다고만 알고 있어요. 하지만 사실은 사부님이 혈마련을 장악하고 이용하고 있는 것이었어요."

추호도 예상하지 못했던 사실에 진검룡은 큰 충격을 받았다.

이것은 백소운의 거짓말일 수가 없다.

사부를 모함하면서까지 거짓말을 만들어낼 그녀가 아니다. 또한 그럴 필요도 없다. 그냥 아무 말도 하지 않으면 그만인 것이다.

그런데 백소운은 더 충격적인 말을 해주었다.

"사부님께선 양손에 천의맹과 혈마련을 장악하고 있어요. 그 목적이 무엇인지 아세요?"

진검룡은 큰 충격을 받은 표정을 감추지 못하고 그녀를 주시했다.

백소운은 착잡한 표정을 지었다.

"사부님께선 무림의 정화(淨化)가 끝나는 대로 천하를 정화하실 거예요."

"천하를? 설마… 대명제국을 상대하겠다는 것이냐?"

"맞아요. 그게 사부님의 최종 목적이에요."

"맙소사……."

진검룡은 너무 놀란 나머지 백소운이 두 걸음 앞까지 다가 왔다는 사실조차 모르고 있었다. 그리고 그녀가 착잡한 표정 을 짓고 있는 것도 몰랐다.

"미안해요, 검룡 가가."

위이잉!

백소운은 진검룡에게 한 걸음씩 다가오면서 극한으로 끌 어올렸던 전 공력을 두 손에 모아 한순간 벼락같이 쌍장을 뿜 어냈다.

쩌억!

진검룡은 가슴 한복판에 쌍장을 정통으로 적중당하고 빨 랫줄처럼 튕겨 날아갔다.

일 년 반 전에 총신계에서 방심하다가 당했던 똑같은 상황 이 다시 한 번 일어났다.

퍽! 쿵!

그는 오 장여나 날아갔다가 벽에 모질게 부딪친 후 바닥에 나뒹굴었다. 벽에 금이 갔으며 전각 전체가 진저리치듯이 크 게 흔들렸다.

큰대 자로 뻗어 있는 그를 향해 미끄러지듯이 백소운이 다 가와서 멈추었다.

그녀는 진검룡을 굽어보며 진심으로 슬픈 표정으로 눈물 을 흘렸다.

"어째서 우리는 이렇게 돼야만 하는 걸까요? 소녀를 이해해 줄 수는 없었나요? 단지 몇 마디 말만 들어주면 소녀를 이해할 수 있을 텐데……."

그녀는 진검룡 머리맡에 무릎을 꿇고 앉아서 독백처럼 슬프게 중얼거렸다.

"으흐흐흑!"

급기야 그녀는 두 손으로 얼굴을 가리고 울음을 터뜨렸다.

콱!

순간 그녀는 목이 부러지는 듯한 충격을 느꼈다. 누워 있는 진검룡이 번개같이 손을 뻗어 그녀의 목을 한 손으로 움켜잡은 것이다.

"끄으으……."

그녀의 얼굴이 점점 붉어지더니 잠시 후에는 핏빛 노을처럼 새빨갛게 변했다.

슥—

진검룡은 그녀의 목을 움켜잡은 채 느릿하게 일어섰다. 그녀의 두 발은 바닥에서 한 자 반이나 솟구쳐 허공에서 발버둥을 쳤다.

진검룡은 무심한 얼굴로 그녀를 바라보았다.

"유운학이 있는 곳을 말하면 곱게 죽여주마."

그러면서 손에서 약간 힘을 빼자 백소운의 얼굴이 조금 희어졌다.

"어… 떻게 된… 건가요?"

그녀는 천상 무인이다. 당장 죽게 된 상황에서도 진검룡이 전력 쌍장을 정통으로 적중당하고서도 아무렇지 않은 이유를 궁금하게 여겼다.

"마지막까지 너 자신을 추악하게 기억하도록 하지 마라."

"검룡 가가……."

백소운의 두 눈에서 방울방울 눈물이 흘러내렸다. 그리고 얼굴에는 더할 수 없는 쓸쓸함이 떠올랐다.

진검룡은 그녀가 그런 표정을 짓는 것을 예전에는 한 번도 본 적이 없었다.

슥—

그때 그녀가 갑자기 오른손을 들어 진검룡의 얼굴로 향했다.

"이년!"

우지직!

"꺽!"

급습이라고 직감한 진검룡은 분노하여 와락 손에 힘을 주어 그녀의 목을 단번에 부러뜨렸다.

목이 꺾인 그녀는 눈을 한껏 부릅뜨고 온몸을 격렬하게 바르르 떨었다.

"끄으… 저기… 탁… 자에……."

그리고는 사지를 축 늘어뜨렸다. 희대의 마녀 백소운의 죽음은 의외로 간단했다.

털썩!

진검룡이 손을 놓자 그녀의 생명을 잃은 몸이 바닥에 떨어져 뼈가 없는 듯 늘어졌다.

그는 물끄러미 그녀를 굽어보았다. 그녀를 죽이면 어떤 기분일지 몰랐었는데 마음이 무척 무거웠다. 예상하지 못했던 일이다.

그때 문득 그녀가 죽기 직전에 했던 말이 생각나서 탁자로 가보았다.

탁자에는 하나의 봉투가 놓여 있었다.

─검룡 가가께서 이 글을 읽고 계시다면 아마 소녀는 죽었겠지요. 살아 있다면 아마 말로써 이 글을 전했을 거예요. 그러나 긴 말은 하지 않겠어요. 미안해요. 그리고 진심으로 사랑했어요. 검룡 가가께서 알아야 할 일이 있어요. 사실… 사부님은 제가 열세 살 때 저를 범하셨어요. 그리고 그 이후로도 그런 일은 계속 이어졌어요. 사실 사부님은 제 남편이나 다름이 없는 존재였어요. 저는 단지 사부님의 꼭두각시였을 뿐이에요. 그가 시키는 대로만 했어요. 검룡 가가와 무헌 가가 일도 전부 사부님의 명령이었어요. 미안해요. 정말 미안해요. 하지만 저는 오직 검룡 가가만을 사랑했었어요. 그럴 자격은 없었지만……

"이런……."

진검룡은 다리에 힘이 풀려서 휘청거렸다. 서찰의 내용은 꿈에서조차 상상할 수 없는 것이라서 한순간 머릿속이 새하얗게 돼버렸다.

"유운학이……."

텅 빈 머릿속에서 무엇인가 생각났다. 백소운은 어릴 때부터 겁이 많았었고, 그래서 유운학이 달래준다면서 그녀를 자주 데리고 잤었다.

그런데 그것은 겁 많은 제자를 달래주려는 것이 아니라 어린 그녀를 짓밟느라 그랬던 것이었다.

그런 일이 있었던 다음날이면 백소운은 얼마나 울었는지 눈이 빨개져 있었다.

그런데 이제 생각해 보니까 사부에게 짓밟힌 후에 혼자서 눈이 새빨개지도록 울었던 것이다.

"추악한 개자식!"

평생 한 번도 해보지 않았던 욕설이 진검룡의 입에서 튀어나갔다.

백소운은 마녀가 아니었다. 예전에 진검룡이 알고 있었던 귀엽고 사랑스러운 백소운이 바로 진짜 그녀였다.

그녀를 마녀로 만든 것은 유운학이었다. 열세 살 어린 여제자를 짓밟은 것으로도 모자라서 그녀를 철저하게 이용해 먹은 것이다.

"나는… 으으… 내가 도대체 무슨 짓을 한 것인가……?"

진검룡은 비틀거리면서 백소운을 향해 걸어갔다. 생명이 멈추고 영혼이 사라진 그녀는, 믿음직스러운 사형이며 사랑하는 정혼자의 손에 목이 부러져서 꺾인 채 바닥에 아무렇게나 쓰러져 있었다.

쿵!

진검룡은 그녀 옆에 무너지듯이 무릎을 꿇었다. 걷잡을 수 없이 눈물이 쏟아졌다.

유운학은 백소운을 짓밟고 철저하게 이용했다지만, 진검룡도 그보다 못하지 않았다.

유운학은 최소한 백소운을 죽이지는 않았다. 그런데 진검룡은 그녀의 목을 꺾어서 죽여 버렸다.

얼마나 무서웠느냐고 품에 안고 쓰다듬으며 위로해도 모자랄 판국에 마녀라고 분노하며 죽인 것이다.

게다가 그녀는 목이 조이면서도 탁자의 서찰을 가리키려고 했던 것인데, 진검룡은 급습하는 줄 알고 지레 놀라서 그녀의 목을 꺾어버렸다.

"소운아……."

진검룡 옆에 떨어져 있는 서찰의 마지막에는 현재 유운학이 있는 장소가 적혀 있었다.

그리고 그 아래 한 줄의 글이 더 있었다.

—검룡 가가, 부디 그 악마를 죽여줘요.

진검룡이 정신을 차렸을 때는 꽤 많은 시간이 흘러 있었다.

'이러고 있을 때가 아니다.'

그는 움찔 놀라서 벌떡 일어섰다. 그러나 즉시 그 자리를 떠나지 못했다.

발아래 백소운의 시신이 있었기 때문이다. 그녀를 이대로 내버려 두고 가는 것이 다시 한 번 죽이는 것 같은 기분이 들었다.

그는 다시 앉아서 백소운의 꺾어진 목을 똑바로 해주고는 물끄러미 굽어보았다.

가슴이 천 갈래 만 갈래로 찢어지는 것 같았다. 이 불쌍한 소녀를 자신의 손으로 무참하게 죽였다는 자책감과 그녀가 그토록 고통스러웠는데도 못난 사형은 그녀를 마녀라고 지탄하면서 죽이려고 혈안이 됐었다는 것 때문에 그는 스스로를 용서할 수가 없었다.

"……!"

그때 눈물을 글썽이면서 백소운을 굽어보던 그의 눈이 크게 부릅떠졌다.

그녀의 긴 속눈썹이 극히 미미하게 떨리는 것을 본 것 같았으나 착각일 수도 있다.

하지만 그 착각이 현실이기를 간절하게 바라면서 그는 눈도 깜빡이지 않고 백소운의 눈을 쏘아보았다.

한참 만에 그녀의 속눈썹이 다시 한 번 미미하게 떨렸다. 그 역시도 착각처럼 보일 수 있지만 그는 이번만큼은 착각이 아니라고 확신했다.

급히 그녀의 손을 들어 맥을 짚어보았다. 그런데 맥이 잡히지 않았다. 맥이 잡히지 않는 것은 죽었다는 뜻이다.

가슴에 귀를 대보았으나 심장도 뛰지 않았다. 죽은 것이 확실했다.

하지만 진검룡은 포기하지 않았다. 숨이 멈추고 심장이 멈춘 후에도 아주 간혹 호흡이 돌아오고 심장이 다시 뛰는 경우가 있다는 사실을 알기 때문이다.

그는 백소운에게 활법(活法)을 실행하기로 마음먹었다. 그것은 물에 빠져서 익사하거나 심한 목조르기로 일시간 숨이 멈춘 사람을 다시 살려내는 기초적인 소생법이다.

찌익!

그는 급히 백소운의 상의 가슴 부위를 찢어내고 맨살이 드러나게 했다.

예전에 그가 수없이 만지고 쓰다듬었던 풍만하고 탐스러운 뽀얀 젖가슴이 출렁 드러났다.

두 개의 젖가슴 사이에 손바닥을 밀착시켰다. 골이 좁고 손바닥이 커서 젖가슴 두 개가 다 일그러졌다.

그 상태로 부드러운 진기를 주입하면서 심장을 약하게 압박하기 시작했다.

이런 상황에서는 강한 것이 불필요하다. 어떻게든 아득하게 멀어진 숨결을 불어 일으키고 굳어버린 몸을 풀어주며, 멈춰 버린 심장을 다시 뛰게 해야만 한다.

진검룡은 한 손으로는 심장에 진기를 주입하면서 부드럽게 압박을 반복하면서, 다른 손으로는 가늘고 길며 백옥처럼 흰 목을 쓰다듬으면서 닫힌 기도가 다시 열리도록 진지를 주입했다.

그뿐만이 아니다. 고개를 숙여 백소운의 입술에 자신의 입술을 밀착시켰다. 그녀의 입술은 이미 차디찼고 푸르스름하게 변해 있었다.

사후경직(死後硬直) 때문에 악다물려 있는 이빨을 혀로 밀어서 열고 처음에는 부드럽게, 그러나 점점 강하게 입김을 불어넣어 주었다.

두 손과 입술로 그녀의 싸늘함이 생생하게 전해졌다. 그의 두 손과 입술은 그녀가 죽었다고 말하고 있었다.

그래서 그의 발버둥이 소용없다고 타이른다. 그래도 그는 멈추지 않았다.

굵은 눈물이 백소운의 새하얀 얼굴로 뚝뚝 떨어지는 것도 모르는 채 미친 듯이 두 손으로 주무르고 입김을 불어넣는 데 온정신을 몰두시켰다.

그러면서 천지신명에게 간절하게 빌고 또 빌었다. 제발 그녀에게 용서를 구할 수 있도록, 아니, 용서 따위는 바라지도 않으니 그녀가 소생하여 짓밟히고 더럽혀진 지난 삶에 대한 보상으로 앞으로는 아름답게 빛나는 삶을 살 수 있도록 자신을 한껏 낮춘 채 빌었다.

지금이 얼마나 촉박한 시간인지도 잊은 채 그는 백소운을 소생시키는 일에만 온정신이 팔려 있었다.

'돌아와라. 제발 돌아와라. 이렇게 가면 안 된다. 그러면 나는 살지 못한다, 소운아……'

십삼 세 어린 소녀 백소운이 아버지처럼 따르는 사부에게 불려가서 짓밟힘을 당하던 날에 얼마나 무서웠을 것인가. 그리고 또 그런 사실을 모르고 있는 사형을 또 얼마나 원망했겠는가.

아아! 그러므로 너는 살아야만 한다. 살아서 못다 한 삶을 누려야만 한다. 다시는 악마에게 휘둘리지도 짓밟히지도 말고 그 누구보다도 행복하고 아름답게 너의 삶을 장식해야만 한다.

그리고 허락된다면 나의 용서를 들어야 한다. 무지몽매한 나의 용서를…….

"……!"

그때 무엇인가 느껴졌다. 떨림이다. 백소운의 몸이 아주 가늘게 잔떨림을 일으키면서 아직은 죽기 싫다고, 이렇게 죽기는 싫다면서 흐느끼고 있었다.

'돌아온다! 살아나고 있다!'

잠시 동작을 멈추었던 진검룡은 다시 그녀를 압박하고 쓰다듬고 숨을 불어넣어 주기 시작했다. 희망이 뒷골을 치고 올라 정수리를 뚫고 나왔다.

그때 백소운의 목 안쪽 깊은 곳에서 구우… 하는 희미한 소리가 흘렀다.

진검룡은 한 번 더 힘껏 숨을 불어넣어 주고는 입을 떼고 그녀를 뚫어지게 주시했다.

그러나 그의 기대를 비웃기라도 하듯이 아무 일도 일어나지 않았다.

'아아… 이대로 정녕……'

그가 절망하려고 할 때 백소운의 입에서 갑자기 긴 숨결이 터져 나왔다.

"후우우……"

"소운아!"

백소운은 숨을 몇 차례 더 쉬다가 힘겹게 눈을 떴다.

"소운아!"

진검룡은 눈물이 왈칵 솟구쳤다.

"검룡 가가……"

"내가 정말 잘못했다, 소운아……. 용서해라… 미련한 사형을 용서해라……."

그는 백소운이 이러다가 다시 죽기라도 할까 봐 미친 듯이 용서부터 빌었다.

"저… 봤어요."

목뼈가 부러진 그녀는 편안하게 누운 채 배시시 미소를 지었다. 얼굴에는 발그레 홍조가 돌아와 있었다.

"저는 죽어서 저 위에 떠 있었는데… 사형이 저를 살리려고 애쓰시는 모습을 굽어보고 있었어요…….."

"소운아…….."

몸을 떠났던 그녀의 영혼이 지켜보고 있었다고 한다.

"사형이 너무 애를 쓰셔서… 그만하라고 소리쳤는데… 사형은 들리지 않았나 봐요…….."

진검룡의 눈에서는 굵은 눈물이 쉴 새 없이 쏟아졌다.

백소운이 너무도 다정한 미소를 지으며 그를 바라보았다.

"저 밉죠?"

어디 한 군데 의지할 곳이라곤 없었던 백소운이었다.

진검룡은 그녀의 뒷목에 손을 밀어 넣어 부드럽게 감싸고는 조심스럽게 들어서 가만히 품에 안았다. 그리고 그녀의 등을 쓰다듬으며 중얼거렸다.

"네가 내 곁을 떠나면 정말 미워할 게다."

"사형… 검룡 가가…….."

백소운은 떨리는 손을 뻗어 진검룡의 눈물범벅인 뺨을 부드럽게 쓰다듬었다.

第八十章
성녀(聖女)

大中原

진검룡은 백소운을 침실 침상에 눕혀놓고 그녀의 호위고수들로 하여금 지키도록 하고 밖으로 나왔다.

이곳 기련장에 온 지 어느덧 한 시진이 지나고 있었다. 너무 오래 지체했다.

무창총부가 어떤 상황인지 궁금했으나 그보다는 유운학을 죽이는 것이 우선이었다.

백소운에 의하면 유운학은 바로 이곳 무창성에 있다고 한다. 그 말은 혈마련 총련이 무창성에 있다는 뜻이다.

그러므로 한시바삐 그를 죽여야만 한다. 그렇지 않으면 그가 혈마련을 무창총부에 투입할지도 모른다.

아니, 어쩌면 벌써 혈마련 마도 고수들이 무창총부에서 싸우고 있을 수도 있다. 어쨌든 유운학을 찾아내서 죽이는 것이 급선무다.

그가 백소운이 있는 전각 입구를 막 나섰을 때 저만치에서 귀혼이 빠른 속도로 달려오는 것이 보였다.

여기저기 상처를 입고 옷이 찢어졌으며 봉두난발인 것으로 미루어 싸움이 치열했던 것 같다.

귀혼은 진검룡 앞에 이르러 허리를 굽히며 보고했다.

"혈마련 마도 고수 삼천 명이 싸움에 가담했습니다."

"무당파 쪽은 얼마나 왔느냐?"

"정확하게는 모르지만 대략 만여 명 정도 됩니다."

진검룡은 다소 안심이 됐다. 천의맹 무창총부 육천 명에 혈마련 마도 고수 삼천 명이면 총 구천여 명이다.

무당파 쪽이 만여 명에 경혼조와 경혼검대가 있으면 싸움을 우세하게 이끌어갈 수 있다는 생각이다.

"가자."

진검룡이 걸음을 옮기자 귀혼이 옆에서 바짝 따르며 물었다.

"어딜 가십니까?"

"유운학이 있는 곳을 알아냈다. 무창성에 있는데 이곳에서 멀지 않다."

"속하가 모시겠습니다."

"경혼조는 어떠냐?"

"그들은… 무사합니다."

진검룡은 귀혼이 조금 머뭇거리는 것을 느꼈으나 계속 걸어가며 물었다.

"연화(蓮花)는 무사하냐?"

귀혼은 이번에는 머뭇거리지 않았다.

"그녀는 무사합니다."

그는 대답하면서 진검룡 옆으로 바짝 다가섰다.

"경혼조에 연화라는 사람은 없다."

진검룡은 걸음을 뚝 멈추고 무심하게 중얼거렸다.

귀혼은 진검룡이 갑자기 멈출 줄 몰랐기 때문에 내처 앞으로 몇 걸음 걸어 나가다가 별안간 벼락같이 몸을 돌리면서 오른손을 뿌렸다.

파아아—

서너 걸음 가까운 거리에서 공력이 실린 십여 자루 비수가 진검룡의 상체 급소들을 향해 무섭게 쏟아져 왔다.

후웅!

그러나 진검룡이 개의치 않고 왼손을 번개같이 뻗자 번쩍! 하고 폭발하는 듯한 섬광이 뿜어졌다.

픽!

가짜 귀혼은 비명도 지르지 못했다. 머리가 산산조각 으깨져서 흩어졌기 때문이다.

진검룡이 조금 전에 경혼조는 어떠냐고 물었을 때 가짜 귀혼이 머뭇거리자 그때 의심이 들었다. 그자는 사전에 진검룡에 대해서 공부를 했으나 경혼조에 대한 것은 모르고 있었던 모양이다.

또 한 가지는 그자를 죽이고 나서야 깨닫게 된 사실이지만, 진검룡은 귀혼에게 이곳 기련장의 위치를 가르쳐 준 적이 없었다.

마도 고수들 중에는 얼굴이나 체격은 물론이고 목소리까지도 마음먹은 대로, 그리고 원하는 사람으로 변신할 수 있는 자들이 더러 있다. 그렇다면 방금 죽은 자는 혈마련의 마도 고수가 분명하다.

쿵!

머리가 박살 난 마도 고수는 이리저리 비틀거리다가 묵직하게 고꾸라졌다.

가짜 귀혼이 한 말은 모두 거짓말일 것이다. 무당파 등이 만여 명 왔다는 것도, 혈마련 마도 고수가 삼천여 명 가담했다는 것도 진검룡을 안심시키기 위한 거짓말이 분명하다.

진검룡은 한쪽 방향으로 막 신형을 날리려다가 우뚝 그 자리에 멈췄다.

사방에서 기이한 기운이 느껴지고 있었다. 방금 전까지는 없었던 기운이다.

땅에서 스멀스멀 피어오르는 아지랑이 같은, 해 질 녘의 땅

거미가 깔리듯 으스스하며 기분 나쁜 기운, 이것은 마도 고수들이 주위에서 몰려들고 있다는 뜻이었다.

그가 정원 한가운데 우뚝 서 있을 때 마치 바싹 마른 모래로 물이 스며들 듯이 어둠 속에서 그보다 더 어두운 자들이 하나둘씩 스며 나왔다.

진검룡은 당장 이곳을 벗어날 수 없음을 깨달았다. 마도 고수들이 지상과 허공에서 동시에 툭툭 불거지듯이 나타나고 있었다.

그리고 그보다는 이곳에 유운학이 나타났을 것 같은 예감이 들었기 때문이다.

이윽고 나타나기를 멈춘 그들은 지상의 오십삼 방향에서 진검룡을 포위했는데 그 수는 총 오십삼 명이다.

진검룡은 그들을 천천히 둘러보았다. 한눈에도 평범한 마도 고수들이 아니라는 것을 알 수 있었다.

아니, 평범하지 않은 정도가 아니다. 그들에게서 뿜어지는 마기 때문에 정원의 나무와 꽃, 초목들이 금세 시들시들하더니 누렇게 말라 죽었다.

진검룡은 비로소 그들이 누군지 깨달았다. 혈마련에서 이 정도의 극강한 마기를 뿜어내는 인물들이라면 혈마오십오세뿐이다.

일황에서 마련십마존까지 오십오 명으로 이루어진 혈마련의 최강자들인 것이다.

진검룡은 그들 중에서 두 명 탈명마존과 잔혈마존을 제압하여 무공을 없앤 다음에 곤명지부 경혼각 지하 석실에 감금했었다.

그곳은 아무나 들어갈 수 없는 곳이므로 그들은 이미 굶어 죽었을 것이다.

그들 두 명을 제외한 오십삼 명, 즉 혈마오십삼세가 이곳에 모두 모인 것이다.

진검룡은 이 근처 어딘가에 유운학이 있을 것이라고 짐작했다. 그가 혈마오십삼세를 거느리고 온 것이 분명하다.

결국 유운학을 끌어내리려면 혈마오십삼세를 모두 죽이는 수밖에 달리 방법이 없을 것 같았다.

진검룡은 공력을 끌어올려 두 손에 모으면서 천천히 혈마오십삼세를 쓸어보다가 한곳에서 시선이 멈추었다.

긴 흑포를 입은 오십대 중반의 초로인 한 명이 석등(石燈)의 뾰족한 꼭대기를 딛고 우뚝 서 있었다.

그는 외모만으로 논하자면 그림에서만 봤던 삼국시대 촉한(蜀漢)의 무장인 관운장(關雲長)을 닮았다.

더구나 한 자가 훨씬 넘을 듯한 검고 긴 수염은 어두운 밤인데도 반지르르 윤기가 흐를 정도로 탐스러웠다.

갸름한 얼굴에 송충이 같은 짙은 눈썹, 우뚝한 코와 부릅뜬 호랑이의 눈을 지녔으며, 체구는 칠 척에 이를 정도여서 용모나 체구, 기상이 태산을 압도하고도 남을 듯했다.

진검룡은 흑포인을 한 번도 본 적이 없으나 그가 혈마오십 삼세의 우두머리이며 혈마련주인 무혈황(武血皇)일 것이라고 짐작했다.

흑포인은 진검룡과 눈이 마주치자 엷은 미소를 지었다. 마치 오랜 친구를 만난 듯한 친근한 미소다.

"무림의 절대자라는 청룡검신을 직접 보니 과연 명불허전이로군. 절세기남아(絶世奇男兒)가 따로 없군."

"귀하가 무혈황인가?"

"그렇네."

진검룡이 무심한 표정으로 묻는데도 흑포인 무혈황은 미소를 잃지 않고 고개를 끄덕였다.

"어떤가? 나와 손을 잡으면 천하를 지배할 수 있다네."

진검룡의 뺨이 씰룩였다.

"천하를 지배하는 것이 아니라 악마 유운학의 지배를 받게 되겠지."

무혈황은 어? 하는 표정을 짓더니 가볍게 눈동자가 흔들렸다. 진검룡이 어떻게 그것을 알고 있는 것인지 당황하고 있는 것이다.

순간 진검룡이 무혈황을 향해 벼락같이 곧상 일직선으로 쏘아갔다.

쉬아악!

거리는 십여 장으로 조금 멀었으나 진작부터 공력을 극한으로 끌어올린 상태였으므로 전력으로 쏘아가자 찰나지간에 무혈황의 삼 장 전면까지 쇄도했다.

진검룡은 어차피 혈마오십삼세하고 싸울 것이면 대가리부터 죽이리라 마음먹었다. 그래서 그가 방심하고 있을 때 전격적으로 기습을 감행한 것이다.

스슝!

무혈황 이 장 전면에서 진검룡의 의천검이 뽑히면서 극강의 절륜신검이 전개됐다.

고오오— 옴!

무혈황은 마도 최강인 인물이다. 그 말은 결코 쉽사리 상대할 수 없는 인물이라는 의미다.

하지만 그 말은 상대가 무림의 절대자로 통하는 진검룡에게는 통하지 않는다.

무혈황은 두 가지 실수를 저질렀다. 데리고 온 수하, 즉 혈마오십이세를 너무 믿고 있었다는 것. 그리고 무림 절대자 앞에서 지나치게 방심하고 있었다는 것이다.

세상에서 '설마'라는 것은 종종 일어난다. 또한 '설마'는 아무도 손을 쓰지 않으면 현실이 돼버린다.

혈마오십이세는 설마 무혈황이 쉽사리 당하겠는가라고 생각했다.

또한 무혈황은 혈마오십이세가 있는데 누군가 나서서 진검룡을 차단해 주겠지라고 믿었다. 서로가 서로를 너무 믿어

버린 것이다.

게다가 무혈황은 지나치게 여유를 부렸고 방심을 했다.

그리고 결정적으로 진검룡이 잔뜩 벼르고 있다가 불시에 전력으로 기습을 감행했다.

그가 '전력을 다했다'라는 것은 큰 의미가 있다. 그것은 '아무도 피하거나 막지 못한다'라는 말과 상통한다. 최소한 한두 명을 제외하고는.

그리고 중요한 것은, 무혈황은 그 한두 명에 포함되지 않는다는 사실이었다.

십이성까지 완성한 절륜신검을 전력으로 전개하면 다섯 개의 륜이 발출된다.

즉, 둘레가 칼날처럼 날카로운, 그러면서 두께 한 자의 철판을 자를 수 있는 위력의 강기가 실린 이른바 검강륜(劍罡輪)이라는 것이다.

그런데 진검룡은 다섯 개의 검강륜을 합쳐서 하나로 발출했다. 그러므로 당연히 위력도 다섯 배다.

"감히!"

무혈황은 당황했으나 즉각 노한 표정을 지으면서 두 손을 합치더니 앞으로 쭉 뻗었다.

그웅—

순간 그의 두 손이 먹물처럼 시커멓게 물들면서 하나의 묵검(墨劍)이 나타났다. 그 역시 강기로 만들어낸 검이며, 원래

무형이어야 하지만 묵처럼 검은색이라 묵검의 형상으로 나타난 것이다.

지금 무혈황이 취하고 있는 행동이 그가 할 수 있는 유일한 방어며 반격이었다. 그 정도로 진검룡의 기습은 무혈황의 허를 제대로 찔렀다.

기우웅!

무혈황은 진검룡이 발출한 하나의 류이 정면에서 쇄도하는 것을 일단 묵검으로 막은 직후에 그의 몸통을 쪼개리라 작정했다.

쩡!

강기와 강기가 부딪치는 굉음이 터지고, 묵검이 너무도 허무하게 두 동강 나면서 무혈황은 자신에게는 기회가 없다는 사실을 깨닫지도 못한 채 몸이 세로 두 쪽으로 갈라지고 말았다. 강기라고 다 같은 강기가 아닌 것이다.

무혈황의 관운장처럼 멋진 몸뚱이가 두 쪽으로 쪼개져서 벌어지고 있을 때 혈마오십이세가 일제히 진검룡에게 공격을 퍼붓기 시작했다.

진검룡은 이런 식의 싸움은 어떻게 치러야 하는지 오랜 경험으로 잘 알고 있었다.

혈마오십이세는 마도 최강이다. 그러나 각자가 최강이지 전체가 최강은 아니다.

그 말은, 즉 그들이 평소에 합공을 철저하게 훈련한 적이 없다는 뜻이다.

그렇기 때문에 이들 혈마오십이세는 검진이나 도진으로 잘 훈련된 마도의 일류고수 수백 명보다 합공의 위력이 훨씬 떨어진다.

더구나 진검룡은 이들 오십이 명을 철저히 일대일로 대적할 것이다. 그러면 아무도 그의 상대가 되지 못한다.

콰아아아—!

오십이 명이 한꺼번에 진검룡을 향해 공격을 퍼붓는 소리는 거센 폭풍이 휘몰아치는 듯했다.

또한 그 위력은 족히 작은 산 하나를 뿌리째 날려 버리고도 남음이 있을 듯했다.

하지만 하나로 합쳐지지 않은 공격이고 무질서하기 짝이 없는 합공이다. 그런 중구난방인 합공은 절대로 제 위력을 발휘하지 못한다.

쉬이이—

또 하나의 문제는 진검룡이 워낙 빨라서 그를 적중시키기는커녕 제대로 겨냥하여 공격을 하는 것조차도 여의치 않다는 사실이다.

그는 혈마오십이세 사이를 질풍처럼 누비면서 한 명씩 일대일로 상대하기 시작했다.

슈우우—

그가 갑자기 빛처럼 쏘아가던 방향을 꺾어 최초의 먹잇감인 한 명에게 짓쳐 가자 그자는 움찔 놀라 다급히 쥐고 있던 도를 휘둘러 왔다.

당황해서 휘두르는 도는 바람에 날리는 지푸라기와 다를 바가 없다.

퍽!

진검룡은 지푸라기 사이를 누비고 들어가 일장으로 그자 의 머리를 날려 버렸다.

진검룡은 머리통이 박살 나고 있는 그자가 혈마오십이세 의 누군지 알지 못하고 알 필요도 없었다. 그에게는 그저 제 일 처음에 죽는 놈일 뿐이다.

방금 죽은 자의 좌우에 있던 자들은 다음 차례가 자신들일 것이라 여기고 바짝 긴장하여 공격할 태세를 갖추었다.

슈악!

그러나 진검룡은 갑자기 상체를 뒤로 꺾어 왔던 방향으로 다시 쏘아갔다.

"헛!"

그의 뒤에 따라붙었던 혈포인이 움찔하며 그 자리에 굳어 버렸다. 완전히 허를 찔렸다.

촹!

진검룡은 의천검을 뽑는 것과 동시에 그대로 그자의 머리 를 세로로 갈라 버렸다.

세 호흡 사이에 다섯 명을 죽였으며, 절대로 급소를 공격하지 않았다.

그런 자비를 베풀 마음이 추호도 없었다. 그래서 머리를 박
살 내거나 목과 몸통을 통째로 자르거나 찔렀다.

오른손으로는 절정의 의천검을 휘두르고, 왼손으로는 산
악 같은 장력을 발출했다. 그 누구도 그가 어느 방향으로 쏘
아갈 것이며, 누굴 어떻게 공격할지 알지 못하는 상황에서 차
례차례 죽어갔다.

"버러지 같은 놈들! 모조리 죽이겠다!"

바닥에 쓰러진 시체가 수를 더해갈수록 진검룡은 살인귀
처럼 변해갔다.

핏발이 곤두선 눈과 이마와 목에 힘줄이 불거진 채 입에서
는 으르렁거리는 포효를 토해내면서 마도의 최강이라는 자들
사이를 누비고 다녔다.

그는 절검문의 절학들을 모두 전개하고 있었지만 자신이
창안해 낸 절학은 아직 한 번도 사용하지 않았다. 그것은 유
운학을 죽일 때 사용하게 될 것이다.

키아앗!

앞으로 쏘아가고 있는 진검룡의 우측에서 날카로운 무엇
인가 목을 향해 베어오는 것을 감지했다.

눈으로 보지 않아도 그는 피할 수 있다. 두 발이 신들린 듯
이 교차하는 순간 그는 왼쪽으로 이동했다가 다시 뒤로 물러
났다.

공격해 오는 무기는 아무도 없는 허공을 갈랐고, 진검룡은 그자의 옆에서 옆구리에 의천검을 깊이 찔러 넣었다.

푹!

쾌애액!

의천검이 아직 그자의 몸속에 있을 때 뒤에서 굉렬한 파공음이 터졌다.

그의 뒤통수를 쪼개기 위해서 도 한 자루가 도기를 일으키며 베어오는 것이다.

진검룡은 쳐다보지도 않고 왼손을 뻗어 천절뢰장을 발출하면서 의천검을 뽑았다.

좌악!

퍼퍽!

의천검이 몸을 자르고 천절뢰장이 머리통과 몸통을 부수는 소리가 늦가을 추수철에 타작하는 소리를 닮았다.

진검룡은 처음부터 끝까지 줄곧 일대일로만 싸워 나갔다. 두 명도 아니고 딱 한 명씩만 부딪쳐 가니까 상대가 될 리가 없었다.

그래도 상대는 혈마오십이세다. 일대일이라고 해도 모두를 죽이는 것은 공력을 많이 허비할 수밖에 없다.

그래도 어쩔 수 없는 일이다. 이들을 다 죽여야지만 유운학이 나타날 것이기 때문이다.

그는 그처럼 비열한 인간이다. 그렇기 때문에 반드시 죽여야만 한다.

마지막 다섯 명이 남았을 때에는 진검룡도 힘에 부쳐서 왼쪽 옆구리에 도로 베었고, 등에 일장을 적중당하는 가볍지 않은 부상을 입었다.

하지만 최후에 남은 한 명의 목에 의천검을 찔러 넣는 데 성공했다.

그는 적 한 명을 죽이는 데 일 초식 이상 전개하지 않았다. 딱 일 초식에 한 명씩 오십삼 초식으로 무혈황을 비롯한 혈마 오십이세를 모조리 죽였다.

숨이 조금 가빴으나 전혀 내색하지 않고 의천검을 땅을 향해 비스듬히 뻗은 채 오십삼 구의 시체들 가운데 태산처럼 우뚝 섰다.

그러면서 선 채로 운공조식을 했다. 허비된 공력을 한 움큼이라도 회복하기 위해서다.

만약 유운학이 나타난다면 진검룡이 회복할 시간을 주지 않고 지금 나타날 것이다.

그리고 과연 그가 진검룡 앞에 나타났다. 허공에서부터 천천히 하강하여 진검룡 열 걸음 앞에 마주 보고 새털처럼 가볍게 내려섰다.

천추검제 유운학 바로 그다.

천상의 옥황상제나 신선이 지상에 강림한다면 바로 이런

모습일 것이다.

유운학은 그저 보는 것만으로도 세속의 진애(塵埃)와 죄가 저절로 사라질 것 같은 성결한 모습을 지녔다.

반백의 머리카락에 눈부신 은빛으로 빛나는 은포를 입었으며, 해맑은 눈에 붉은 입술, 아이처럼 발그레한 살결을 지닌 준수하면서도 고결한 모습이다.

그러나 진검룡은 그를 보는 순간 걷잡을 수 없는 분노가 치미는 것을 느꼈다. 그의 진면목이 악마라는 사실을 잘 알기 때문이다.

유운학은 무기도 없었다. 두 손을 늘어뜨린 채 예의 자애로운 미소를 지으며 진검룡을 바라보면서 입을 열었다.

"오랜만이로구나, 용아."

진검룡은 대꾸하지 않고 묵묵히 그를 쏘아보았다. 그러면서 그는 지금 자신의 할 일이 공력을 회복하는 것과 분노하지 않는 것이라고 생각했다.

지금 이 상황에서 분노는 하등의 도움이 되지 못한다. 오히려 화를 자초할 뿐이다.

"긴말은 하지 않겠다. 한마디만 하겠다."

유운학이 혈마오십삼세를 먼저 내보낸 이유는 그들로 하여금 진검룡을 죽이도록 하려는 것이 아니었다.

진검룡을 죽이면 다행이지만 그러지 못한다고 해도 진검룡을 충분히 탈진시킬 수는 있을 것이라는 이유에서다. 그렇다고 해서 유운학은 자신이 진검룡을 상대하지 못할 것이라고는 추호도 생각하지 않는다.

단지 귀찮기 때문에 손쉽게 그를 제압하기 위해서 혈마오십삼세를 이용했을 뿐이다.

그는 그런 인간, 아니, 악마다. 자신의 목적을 위해서라면 그 누구라도, 그 무엇이라도 수단과 방법을 가리지 않고 이용하는 자다.

그러므로 그는 진검룡이 지금 운공조식을 하고 있다는 사실을 알고 있었다.

하지만 공력을 회복할 수 있는 시간을 주지 않을 것이다. 그러므로 말을 되도록 짧게 하려는 것이다.

"이것이 마지막 기회다. 무릎을 꿇어라."

"왜 그랬소?"

유운학의 굴복하라는 요구에 진검룡은 뜬금없이 자신의 궁금증을 불쑥 물었다.

유운학 얼굴의 미소가 조금 더 짙어졌다.

"나는 천하의 악을 모두 없애고 새로운 세상을 만들려는 것이다."

"그러나 당신이 더 큰 악이오."

진검룡은 분노하지 않으려고 기를 쓰고 있으나 그럴수록 속에서 불끈불끈 뜨거운 것이 치밀었다.

유운학은 잔잔히 미소 지으며 고개를 끄덕였다.

"알고 있다."

그는 예전처럼 부드러운 목소리로 말을 이었다.

"나는 너와 소운을 정의로 무장시켜서 무림에 내보냈다. 그러나 아무런 소용이 없었다. 그래서 정의로는 악을 멸할 수 없다는 사실을 깨달았다."

진검룡은 그의 억지스러움에 터져 나오려는 분노를 어금니를 악물고 참았다.

"그래서 내가 직접 나선 것이다. 악을 징벌하기 위해서 악마가 된 것이지."

"궤변이오."

"나 한 사람이 악마가 되는 것으로 천하가 깨끗하게 정화될 수만 있다면 그로써 만족한다."

득도한 고승이 살신성인하는 듯한 표정이고 말이다. 대저 어느 누가 그의 모습을 보고 또 말을 들으면 그를 성인이며 현자라고 하지 않겠는가.

"천하를 깨끗하게 정화시키고 나서 내가 어떻게 되더라도 상관이 없다. 천하가 나를 욕하든, 천하가 나의 진심을 알아주든 개의치 않고 나는 떠날 것이다."

그러는 동안에도 진검룡은 줄기차게 운공조식을 했다. 그래서 분노를 참고 있는 것이다.

"진작 나 같은 사람이 나왔었다면 세상은 훨씬 살기 좋은 곳이 되었을 것이다."

진검룡은 끝내 참지 못하고 냉랭하게 내뱉었다.

"당신이 열세 살짜리 소운을 강간한 것과 세상을 정화시키는 것은 도대체 무슨 연관이 있소?"

"그것을 알고 있다니 얘기하기가 쉽겠구나."

유운학이 충격을 받을 줄 알았는데 오히려 태연하게 미소를 지었다.

"소운에게 일찍부터 내 사상을 심어주기 위해서였다. 그리고 그 아이를 내 후계자로 삼으려는 의도였다. 내가 떠난 후 소운이 정화된 새로운 세상을 지배하게 될 것이다."

"그따위……."

"육신 따위가 무에 그리 대수란 말이냐? 열세 살이든 서른 살이든 여자가 남자를 받아들이는 것은 자연의 섭리다. 죽으면 썩어질 몸이거늘 하잘것없는 속세의 잣대로 나를 농락하는 우를 범하지 마라."

"더러운 놈."

결국 진검룡은 분을 참지 못했다. 두 눈에서 불을 뿜듯이 이글거리는 눈빛으로 쏘아보면서 흰 이를 드러내고 당장에라도 죽일 듯이 으르렁거렸다.

"뭐라고 했느냐?"

그런데 뜻밖에도 방금 진검룡의 욕설에 유운학이 뾰족한 반응을 보였다.

세상을 초월한 듯한 그가 '더러운 놈'이라는 말에 반응을 보일 줄은 몰랐다.

하긴, 제자에게 욕을 먹었으니 신이 아닌 다음에야 화가 날 터이다. 어쨌든 그는 신이 아니니까.

진검룡의 머릿속에서 작은 불이 반짝였다. 유운학의 심사를 뒤틀리게 만들 방법을 찾아낸 것이다.

"유운학, 너는 지저분한 놈이다. 저잣거리의 하오배들도 너처럼 지저분하지는 않을 것이다."

"이놈! 망발을 삼가라!"

유운학이 수염을 떨면서 은은하게 호통을 쳤다. 진검룡은 그가 화를 내는 모습을 처음 보았다. 예전에는 유운학이 화를 낼 줄 모르는 사람인 줄 알았었다. 그 정도로 그는 화를 내지 않았었다.

"어떻게 나이 차이가 다섯 배나 나는 어린 여제자를 겁탈할 생각을 할 수 있었느냐?"

그렇게 꾸짖으면서 진검룡은 정말로 화가 났다. 유운학이 몸을 푸들푸들 떠는 것을 보면서 마치 어른이 아이를 혼을 내는 것처럼 발을 구르면서 위엄있게 꾸짖었다.

"온전한 정신과 정상적인 상식을 지니고는 도저히 저지를 수 없는 파렴치한 짓이다. 만약 네가 혼인을 하여 딸을 낳았다면 그 딸마저도 겁탈했을 것이고, 어쩌면 네놈은 어미까지도 근친상간했을 것이다!"

"이, 이놈이… 아가리를 찢어버리겠다!"

"역사상 가장 더럽고 추악한 놈들도 네놈에 비하면 월광과 반딧불이의 차이가 날 것이다! 이놈아! 보이는 짓이 그토록 지저분하다면 보이지 않는 곳에서는 얼마나 더 지저분했겠느냐?"

위선을 뒤집어쓴 인간일수록 자존심이 강하고 자신이 파헤쳐지는 것을 참을 수 없는 법이다.

한 번 뱉어내기 시작한 진검룡의 꾸짖음은 쉬이 멈춰지지 않았다. 그가 지금 이러는 것은 그 자신조차도 믿어지지 않을 정도다.

"유운학, 네놈은 악마도 뭣도 아니다! 악마를 모욕하지 마라! 너 따위가 무슨 악마냐? 네놈은 그냥 시정잡배일 뿐이다! 아니, 그보다도 못한 놈이다! 쳐다보는 것만으로 구역질이 나는 구더기 같은 놈이다!"

"진검룡! 이놈―!"

유운학은 끝내 참지 못하고 폭발하여 곧장 진검룡을 향해 돌진해 왔다.

진검룡이 유운학을 분노하게 만들려는 의도가 있었으나 그가 한 말들은 하나같이 진심이었다. 가슴속에서 끓어 넘치는 말을 입 밖으로 쏟아냈을 뿐이나.

쏘아오는 유운학은 차라리 한 덩이의 빛 같았다. 진검룡은 태어난 이후 그처럼 빠른 속도와 눈부신 빛 덩이는 처음 보았다.

어떻게 대처해야 할지 궁리할 여유도 없었다. 유운학은 어느새 코앞까지 쇄도하면서 손을 뻗어왔다.

그가 무형의 강기나 초절한 수법의 장력을 사용할 것이라고 예상했던 진검룡의 허를 찌르는 수법이었다.

쩌걱!

"흐악!"

유운학의 주먹이 반 장 앞까지 쇄도했을 때 그의 주먹을 닮은 눈부신 빛의 주먹[光拳] 하나가 뿜어 나와 진검룡의 앙가슴을 정통으로 두들겼다.

그것은 그로서도 생전 처음 경험하는 엄청난 충격이었다. 단지 그 한 대의 주먹만으로 온몸이 해체되는 느낌을 받았을 정도다.

쾅!

진검룡은 화살처럼 튕겨 날아가서 전각의 벽 속에 깊숙이 쑤셔 박혔다.

정신을 차릴 수가 없었다. 게다가 온몸의 기력이 하나도 남아 있지 않은 듯했다.

콰득.

그런데 그의 몸이 벽 속에서 저절로 뽑혀져서 허공에 둥실 떠올라졌다.

번쩍!

다음 순간 또 하나의 빛나는 주먹이 무시무시하게 쏘아져

오는 것을 발견했다.

빡!

이번에는 얼굴에 정통으로 적중당했다. 일순간 머릿속이 새하얗게 탈색되어 아무 생각도 나지 않았다.

어디를 어떻게 다쳤는지 얼굴이 피범벅이 됐고 입에서 콸콸 핏덩이가 쏟아졌다.

쿵!

진검룡은 땅에 구겨지듯이 떨어졌다. 몸이 갈가리 찢어진 것 같아서 말을 듣지 않았다.

아니, 몸뿐만 아니라 정신까지도 몸에게 일어나라고 명령을 내리지 않았다. 단 두 대의 광권에 정신과 몸이 완전히 마비되어 버렸다.

"아직도 내가 더럽고 추악하다고 생각하느냐?"

엎어져 있는 진검룡 앞쪽에서 유운학의 목소리가 들렸다. 분노를 가라앉히려고 애쓰는 기색이 역력했다.

"그런들 어떻겠느냐? 보다시피 나는 강하다. 지상에 살아 있는 모든 것들 중에서 가장 강하다. 강한 것은 성스럽고 아름답다. 그 앞에서는 삼라만상이 굴복해야만 한다."

"끄으으… 소운이 뭐라고 말했는지 아느냐……?"

진검룡은 엎어진 채 온몸을 부들부들 떨면서도 고개를 들어 피를 줄줄 흘리면서 유운학을 보며 이를 갈았다.

"나에게 너를 죽여달라고 했다."

"소운이 말이냐?"

"후후후… 가장 존경받아야 할 제자들에게 멸시받는 기분이 어떠냐? 탐욕만 알고 인간의 가치라는 것을 모르는 네가 알 리가 없겠지만."

그 순간 유운학에게서 무엇인가 번쩍이며 뿜어졌다. 그러나 진검룡은 그게 무엇인지도 모르고 복부를 무지막지하게 걷어채였다.

뿌악!

"으악!"

그는 처절한 비명을 지르면서 허공으로 붕 날아가서 지붕에 떨어졌다.

우지끈!

지붕을 뚫고 아래로 하강하던 그의 몸이 유운학을 향해 곧장 빨려갔다. 접인신공으로 끌어당기고 있는 것이다.

진검룡이 그의 전면 삼 장쯤에 이르렀을 때 그가 오른손을 슬쩍 흔들었다.

투투우―

그러자 마치 잔잔한 수면에서 용솟음이 솟구쳐 오르는 것 같은 투명한 회오리가 구불구불하지만 너무도 빠른 속도로 쏘아왔다.

쩍!

파아아―

유운학에 의해서 끌려가던 무방비 상태의 진검룡은 투명한 회오리를 복부에 정통으로 적중당하고 또다시 아스라이 허공으로 튕겨 날아갔다.

그러나 그는 멀리 날아가지 못했다. 유운학이 손으로 슬쩍 끌어당기는 시늉을 하자 날아가던 그는 다시 유운학을 향해 빠른 속도로 끌려갔다.

진검룡은 정신이 아득해지는 것을 혼신의 힘을 다해서 붙잡고 있었다.

그가 당한 방금 전의 투명한 회오리나 그 전의 광권은 구경은커녕 말조차 들어본 적이 없는 무공이었다.

유운학은 실로 간악했다. 제자들에게조차도 자신의 진실한 무공을 알려주지 않은 것이다.

진검룡으로서는 더 이상 유운학을 상대할 방법이, 아니, 힘이 없었다.

그는 비록 더럽고 추악한 악마지만, 그야말로 진정한 무신(武神)이고 절대자다. 진검룡 같은 사람은 그 앞에서 명패조차 내밀지 못한다.

그가 절정고수라면 진검룡은 단지 삼류무사에 불과하거늘 어찌 상대가 될 수 있겠는가.

절망을 모르고 살아온 그였으나 지금 상황에서는 절망을 뼈저리게 느끼고 있었다.

절망이다. 끝도 없는 나락으로 추락하고 있었다. 그런데도 멈출 수가 없다.

그는 자신이 이렇게 죽을 것이며, 백소운도, 경혼조도, 경혼검대도, 그리고 사랑하는 옥청도 이젠 두 번 다시 보지 못할 것이라고 생각했다.

유운학은 너무 강했다. 도저히 진검룡으로서는 어쩔 수 없는 상대였다.

그가 더럽든 추악하든 이제 천하는 그의 것이 되어 그의 뜻대로 굴러가게 될 것이다. 대명제국도 그 누구도 유운학을 막을 수는 없을 것이다.

진검룡은 이번에 한 번 더 유운학에게 공격을 당하면 더 이상 버틸 수 없을 것이라는 생각이 아련하게 들었다.

'너무 강하다….'

그는 빠른 속도로 끌려가면서 유운학이 오른손을 들어 올리는 것을 보았다.

아마도 저 일격이 진검룡의 생명을 끊을 것이다. 그리고 그가 소중하게 여기는 모든 것들로부터 단절시킬 것이다.

"사부님……."

그때 어디선가 흐릿한 목소리가 들렸다.

'소운…….'

쿵!

그 목소리가 백소운이라고 느낀 순간 진검룡은 땅바닥에 패대기쳐졌다. 유운학이 접인신공을 거둔 것이다.

그는 땅바닥에 유운학을 향해서 옆으로 누운 자세가 되었다. 그리고 뒤쪽에서 느릿한 발자국 소리가 들렸다. 그리고 백소운의 목소리도.

"사부님, 사형을 죽이지 마세요……."

진검룡은 자신의 처지도 잊고 더럭 백소운이 걱정됐다. 그녀는 목이 부러졌다. 그가 부러뜨렸다. 목이 부러진 그녀가 어떻게 걷고 있단 말인가.

설사 걷는다고 해도 몇 걸음만 더 걸으면 목의 기도가 막혀서 숨을 쉬지 못할 것이다. 그러면 다시는 소생할 길이 없다.

'소운…….'

사박사박.

"사부님… 그를 용서해 주세요… 제 잘못이에요……."

그녀가 비틀거리고 있다는 것을 발자국 소리로 느낄 수가 있다. 또한 흐느끼는 듯한 목소리가 애절하게 진검룡의 가슴을 후벼 팠다.

사박사박.

옆으로 엎드린 채 뺨을 바닥에 대고 있는 진검룡의 눈앞으로 긴 치마를 끌면서 걸어가고 있는 백소운의 하체 아래쪽이 보였다.

진검룡은 사력을 다해서 그녀를 보려고 기를 쓰고 고개를 들면서 젖혔다.

백소운이 유운학을 향해서 쓰러질 듯 비틀거리며 걸어가고 있는 뒷모습이 보였다.

순간 진검룡은 무엇을 발견하고는 가슴이 갈가리 찢어지는 듯한 아픔과 슬픔을 느꼈다.

백소운은 두 손으로 자신의 양쪽 귀를, 아니, 머리를 꼭 붙잡은 채 한 걸음 한 걸음 걸어가고 있었다. 꺾어진 목을 똑바로 세우기 위해서다.

그녀가 왜 유운학에게 다가가고 있는지 진검룡이 모를 리가 없다.

사형을, 아니, 사랑하는 사람을 살리려고 위험을 무릅쓰면서 유운학에게 애원하고 있는 것이다.

"사부님… 그냥 사형의 무공을 없애는 것으로 용서해 주세요. 그는 사부님의 원대한 뜻을 몰라요. 철부지잖아요. 제발 너그러우신 마음으로 용서해 주세요……."

"소운아, 너 어떻게 된 것이냐?"

"소녀는 아무렇지도 않아요. 머리가 좀 아플 뿐이에요."

백소운이 두 손으로 머리를 잡고 있는 것을 보고 유운학이 가볍게 눈살을 찌푸리면서 묻는데도 그녀는 개의치 않고 걸어가서 마침내 유운학 앞에 마주 섰다.

"소운아, 비켜라. 저놈은 살려둬서는 안 된다."

"사부님… 소녀를 봐서라도 제발……."

유운학이 꾸짖는데도 백소운은 비키지 않고 간절하게 눈

물을 흘리면서 애원했다.

그 모습을 보는 진검룡은 자신이 얼마나 못나고 부족한 놈인지 절실하게 느꼈다.

이럴 줄 알았으면 그냥 그녀를 내버려 둘 것을, 그녀도 구하지 못하고 천하도 구하지 못하게 될 줄 알았더라면 그녀 앞에 나타나지나 말 것을……. 후회막급이었다.

"어서 비켜라. 저놈을 죽인 후에 얘기하자."

유운학이 은은하게 호통을 쳤다. 그가 이렇게 나오면 더 이상 어쩔 수가 없다는 것을 백소운은 잘 알고 있었다.

스윽.

"사부님… 제발……."

그때 백소운이 유운학의 품에 안겼다. 그리고는 진검룡이 자신의 눈을 의심하는 일이 벌어졌다.

그녀가 자신의 머리를 잡고 있던 두 손을 놓는가 싶더니 두 팔로 유운학의 몸을 힘껏 끌어안은 것이다. 물론 두 팔까지 한꺼번에 안아버렸다.

그와 동시에 백소운이 사력을 다해서 외쳤다.

"지금이에요!"

그 순간 시간이 정지했다. 진검룡은 믿을 수 없다는 듯 상체를 곧추세우고 눈을 찢어질 듯이 부릅뜨며 그 광경을 쏘아보았다.

유운학에 비해서 너무도 가녀린 체구의 그녀가 목이 오른

쪽으로 완전히 꺾어진 채 두 팔로 그를 힘껏 끌어안고 있는
광경이다.

그녀의 행동이 무엇을 뜻하는지 진검룡은 보는 순간 알아
차렸다. 그녀의 숭고한 행동의 의미를 그 즉시 알아차리는 그
의 두뇌는 실로 가증스러운 것이다.

어찌하여 가슴으로는 그녀를 절절히 가여워하면서도 두뇌
는 철저하게 계산적이란 말인가.

그리고 또 정신은 마음과는 전혀 다른 행동을 한단 말인가.

마음은 갈기갈기 찢어져서 철철 피를 흘리고 있는데, 정신
은 그에게 의천검을 뽑아 그토록 아껴두었던 최후의 절학을
발휘하라고 다그치고 있었다.

스웅.

그는 자신이 무슨 행동을 하고 있는지도 느끼지 못하는 사
이에 의천검을 뽑아 앞으로 뻗으며 자신이 창안한 최고 절학
의 구결을 외웠다.

쾌애애액!

의천검이 빛살처럼 백소운을 향해 쏘아가고, 두 손으로 검
파를 움켜쥔 진검룡은 그저 딸려갔다.

기(氣)와 의지로써 검을 움직여 마음먹은 곳 어디라도 날려
보내는 절학이다.

무림에서는 이런 수법을 신검합일(身劍合一)이라고 하며,
무림에는 아직 그것을 이룬 사람이 없었다.

그의 눈에서는 소나기처럼 눈물이 쏟아졌다. 그래서 아무 것도 보이지 않았다. 하지만 눈물을 닦을 생각도 하지 않았다.

"이년이!"

콱!

유운학이 놀라서 소리치며 두 팔을 들어 올리자 그를 안았던 백소운의 두 팔이 어깨에서부터 뽑혀서 날아갔다.

콱!

"허억!"

그 순간 의천검이 백소운의 등 한복판을 깊이 찔렀고, 유운학의 답답한 신음이 터졌다.

의천검이 백소운과 유운학을 한꺼번에 관통한 것이다. 검 첨은 유운학의 등 뒤로 삐죽이 튀어나와 있었다.

쿵!

기력이 다한 진검룡은 검을 찌른 후에 두 발로 묵직하게 땅에 내려섰다. 백소운 바로 뒤에 내려선 것이다.

"이년……."

유운학이 험악한 표정을 지으며 백소운을 밀어내려고 했지만 그녀의 몸은 꿈쩍도 하지 않았다.

진검룡은 백소운이 자신의 가슴에 꽂힌 의천검을 공력을 일으켜서 빠지지 않도록 꼭 잡고 있다는 사실을 깨달았다.

"이년!"

펙!

순간 유운학이 그녀의 목을 후려치자 머리가 뚝 떼어져서 저 멀리 날아갔다.

이어서 진검룡을 향해 주먹을 뻗었다.

투악!

쩡!

"흐악!"

진검룡은 가슴이 빠개지는 고통을 느끼며 뒤로 붕 날아갔다.

펙!

그는 몸이 전각의 벽에 박히는 순간까지도 눈을 깜빡이지 않고 백소운에게서 시선을 떼지 않았다.

머리가 떨어져 나간 그녀의 목에서 분수처럼 핏기둥이 뿜어지고 있었다.

그리고 그녀가 서서히 주저앉고 있었다. 그에 따라서 의천검이 유운학의 몸을 세로로 갈랐다.

털썩!

백소운이 땅에 주저앉더니 옆으로 쓰러졌다.

"흐으으… 이년이 감히……."

가슴에서부터 사타구니까지 완전히 잘라진 유운학이 피와 내장을 쏟아내면서 백소운을 쏘아보다가 걷어차려는 듯 오른발을 쳐들었다.

그러나 오른발은 들려지지 않고 사타구니가 쭉 찢어지면서 피와 내장이 한꺼번에 쏟아졌다.

진검룡은 담에서 빠져나와 미친 듯이 유운학을 향해서, 아니, 백소운을 향해서 달려갔다.

위잉!

뻐억!

그가 발출한 일장이 유운학의 머리통을 산산조각 내버렸다.

"으흐흐… 소운아……."

진검룡은 의천검을 가슴에 꽂은 채 쓰러져 있는 백소운의 몸뚱이를 부둥켜안았다가 주위를 두리번거리고는 그녀의 머리가 있는 곳으로 실성한 듯이 달려갔다.

와락!

몸에서 뿌리째 뽑혀 나갔다고 해야 마땅할 그녀의 목에서는 피가 줄줄 흐르고 있었다.

"소운아……."

진검룡은 굵은 눈물을 쏟아내면서 백소운을, 아니, 그녀의 머리를 들어 올려 굽어보았다.

그녀의 얼굴에는 경악하는 표정이 떠올라 있었고, 눈은 한껏 부릅떠져 있었으며, 입은 약간 벌어져 있는 모습이었다.

그때 그녀의 부릅떠져 있는 눈이 깜빡거렸다.

그리고 눈동자가 이리저리 부유하듯 구르더니 진검룡의 얼굴에 초점을 맞추었다.

"소운아!"

진검룡은 뭐라고 표현할 수 없는 참담함과 슬픔을 느꼈다. 지금 이 순간 그녀를 위해서 아무것도 해줄 수 없다는 사실 때문에 애가 끊어져서 죽을 것만 같았다.

그때 그녀의 입술이 움직였다. 미약하게 달싹거렸으나 말이 되어 나오지는 않았다.

그러나 진검룡은 입술의 움직임이 무슨 말을 했는지 알 수 있었다.

"사랑해요."

얼마나 그를 사랑했으면, 목숨을 버려가면서까지 그를 살리려고 했으며, 또한 죽어서 몸과 분리된 머리가 사랑으로 가득 차서 마지막 사랑의 고백을 할 수 있겠는가.

백소운의 모든 움직임이 정지했다. 그러나 눈동자는 진검룡을 바라보고 있었고, 입가에는 온화한 미소가 부드럽게 머금어져 있었다.

진검룡은 백소운의 머리를 품에 안고 몸부림치면서 오열을 터뜨렸다.

"크흐흑…! 사랑한다… 소운아……."

　　　　　　*　　　　*　　　　*

　쏴아아아.

　운남성 진원현에 진검룡이 처음 분타주로 부임하던 그날 처럼 장대비가 쏟아지고 있었다.

　철벅… 철벅…….

　우장을 입고 챙이 큰 방갓을 깊이 눌러쓴 한 사내가 인적이 끊어진 진원현 거리를 걸어가고 있었다.

　그는 거리 끄트머리에 있는 현판도 없는 어느 허름한 주루 앞에서 걸음을 멈추었다.

　주루 안에서는 형편없는 비파 소리에 맞춰서 그보다 더 엉 망인 노랫가락이 흘러나오고 있었다.

　그는 주루 안으로 들어가지 않고 주위를 천천히 둘러보다 가 이윽고 천천히 문을 밀었다.

　끼이…….

　따뜻한 훈기가 밀려오면서 비파 소리와 노랫소리가 멈췄 다.

　그리고 주루 안에 앉거나 서 있던 사람들의 시선이 일제히 사내에게 집중되었다.

　그 순간 주루 안에 있던 사람들의 얼굴에 더없는 기쁨이 가 득 떠오르더니 주르르 눈물을 흘렸다.

난로 가에 앉아서 비파를 가슴에 안고 있는 낭랑.

그녀의 맞은편에 단정한 자세로 앉아 있는 동풍.

어두컴컴한 구석 쪽에 혼자 앉아 있는 부상쾌.

벽에 기대서 있는 훈용강.

낭랑 옆 탁자에서 혼자 술을 마시고 있다가 술잔을 든 채 굳어버린 조제.

또 다른 탁자에서 엎드려 자고 있다가 부스스한 모습으로 고개를 든 단은한.

경혼조원 여섯 명. 그들이 전부였다.

주소영과 고선, 와평, 주록, 무악, 미미, 장관웅, 사도풍, 증혜의 모습은 보이지 않았다.

"조, 조장! 돌아왔구나!"

낭랑이 비파를 팽개치며 벌떡 일어서면서 부르짖었다.

그러자 다른 사람들도 우르르 방갓인 주위로 몰려들었다.

"주군!"

"조장님!"

"사부님!"

사내는 천천히 방갓을 벗었다. 그리고 드러난 모습은 바로 진검룡이었다.

예전보다 훨씬 더 수척하고, 눈과 뺨이 움푹 꺼진, 그리고 수염도 까칠하게 자랐으며, 얼굴 여기저기에 깊은 흉터가 새겨져 있었다.

쨍그랑!

그때 접시 깨지는 소리가 들렸다. 사람들이 쳐다보자 주방에서 뭔가를 들고 나오던 옥청이 진검룡을 발견하고 놀라 접시를 떨어뜨린 것이다.

진검룡은 옥청을 쳐다보았다.

옥청은 온몸을 바들바들 떨면서 눈물을 흘리며 반가운 표정으로 진검룡을 바라보았다.

"청매."

진검룡이 흐릿한 미소를 짓자 옥청은 나는 듯이 그에게 달려와 품에 안겼다.

"검랑!"

"아! 걔네들은 모두 진원분타에 이것저것 고치러 갔어."

낭랑이 껄껄 웃으면서 설명했다.

"앞으로 진원현은 우리 경혼조가 지켜야 할 거 아냐. 그래서 텅 빈 진원분타를 점검하러 간 거야."

그녀의 말이 끝나자마자 주루 문이 열리더니 비에 흠뻑 젖은 무악과 미미, 고신, 와평, 주록, 장관웅, 사도풍, 증혜가 잇달아 들어섰다.

맛있는 요리와 술이 가득 차려진 탁자에 둘러앉아 있는 사람들 중에서 진검룡을 발견한 그들은 엎어질 듯이 달려들어오며 또 한바탕 난리법석을 피웠다.

경혼조원들은 탁자에 둘러앉아서 술을 마시며 와자하게 웃으며 즐겁게 보내고 있었지만, 진검룡은 백소운과 아직 돌아오지 못한 주소영을 생각하며 마음이 무거웠다.

더구나 귀혼을 비롯한 경혼검대는 아무도 돌아오지 않았다.

천의맹 무창총부에서 시작된 싸움은 바깥으로 이어졌고, 추격과 싸움, 또 추격과 싸움을 거듭하는 양상으로 발전했었다.

결과는 동귀어진이었다. 천의맹과 혈마련이 몰살되었고, 팔대문파를 비롯한 사십오 개 문파들 고수가 거의 전멸했다.

그리고 무림에는 다시 평화가 찾아왔다. 하지만 정의가 다시 섰는지는 아무도 알지 못했다.

"사실 말이야……."

어떤 음모의 주동자인 낭랑이 진검룡의 눈치를 살피면서 입을 열었다.

"진원분타에 사람들이 있어."

옥청이 따라준 술잔을 입으로 가져가던 진검룡의 동작이 뚝 멈추었다.

낭랑은 말하지 않았다가 된통 당할 것 같아서 결국 털어놓기로 했다.

"귀혼하고 경혼검대 친구들인데… 약 백여 명 정도가 진원분타에서 묵고 있어."

휘익!

"이런 빌어먹을!"

진검룡에 의해서 가볍게 집어 던져진 낭랑은 주루 구석으로 날아가며 투덜거렸다.

진검룡은 즉시 일어나 주루 문을 열었다. 진원분타에 가기 위해서다.

귀혼과 경혼검수 백여 명이 그곳에 묵고 있다니 한시라도 빨리 만나고 싶었다.

끼이…….

밖으로 나가려던 진검룡은 막 문을 열고 들어오는 비에 흠뻑 젖은 조그만 체구의 여자를 발견했다.

"소영아……."

"사부님……."

몰골이 말이 아닌 주소영은 진검룡을 보더니 울먹울먹하다가 급기야 울음을 터뜨리며 그의 품으로 뛰어들었다.

"으앙! 사부님!"

그러나 그녀는 곧 울음을 멈추고 진검룡의 품에서 떨어졌다. 그리고는 진검룡 뒤쪽을 두리번거리면서 누굴 찾으며 눈에서 살기를 뿜어냈다.

"낭랑 이년 어디 있어요? 이곳으로 함께 오다가 그년이 돈을 모두 갖고 도망쳐 버리는 바람에 나는 객잔에 붙잡혀서 설거지에 청소에 온갖 허드렛일을 다 하고… 하여튼 이년 붙잡으면 찢어 죽여 버릴 거야……."

낭랑은 구석에 처박힌 채 죽은 듯이 꼼짝도 하지 않았다.

오랫동안 비어 있던 진원분타가 들썩거렸다.

진검룡과 옥청을 비롯한 경혼조원들과 귀혼, 경혼검수들 백여 명은 진원분타 내 가장 넓은 대전 바닥에 둥글게 모여 앉아서 술과 요리를 먹고 마시며 한껏 즐거운 대화를 나누고 있었다.

밤이 이슥할 무렵까지도 술자리는 파하지 않았다.

진검룡 주위에는 옥청과 다섯 여자들이 빼곡하게 둘러앉아서 그의 몸 한쪽씩을 꼭 붙잡고 있었다.

모두들 술이 거나하게 취했는데도 눈만은 초롱초롱하게 빛나고 있었다.

드디어 낭랑이 참지 못하고 벌떡 일어섰다.

"조장! 나 말이야… 어어……?"

쿵!

부상쾌가 발을 뻗어 낭랑의 다리를 걸어차서 쓰러뜨리고 나서 진검룡을 쳐다보며 입을 열었다.

"주군, 약속을 지켜주십시오."

진검룡이 쳐다보자 부상쾌는 불끈 용기를 냈다.

"저희들이 살아서 돌아오면 주군께서……."

주소영이 잽싸게 그녀의 말을 잘랐다.

"사부님! 저 가랑이 찢어지고 싶어요!"

〈大尾〉

장영훈 新무협 판타지 소설

절대강호
絶代强虎

보표무적, 일도양단, 마도쟁패, 절대군림에 이은
장영훈의 다섯 번째 강호 이야기.
절대강호(絶代强虎)!!

악의 집합체 사악련에 맞선 정파강호의 상징 신군맹.
신군맹이 키운 비밀병기 십이귀병, 그들 중 최강의 실력을 지닌 적호.

"우리가 세상을 얻기 위해 자식을 죽일 때…
그는 자식을 위해 세상과 싸우고 있어. 웃기지?"

신군맹 후계 자리를 차지하기 위한 대공자와 삼공녀의 치열한 암투 속에서
오직 딸을 지키기 위한 적호의 투쟁이 시작된다.

"맹세컨대, 내 딸을 건드리면…
상상도 할 수 없는 일이 벌어질 거야."

Book Publishing CHUNGEORAM

유행이 아닌 자유추구 -
WWW.chungeoram.com

김용희 新무협 판타지 소설

강호와 천하를 삼킨 천부(天府).
천부천하를 뒤흔든 게을러빠진 천재가 나타났다!

어떤 무공이든 한눈에 익힐 수 있는 공전절후한 무위,
좌수(左手) 마두, 우수(右手) 대협으로 펼치는 독창적인 무쌍류,
빼어난 요리 실력과 정도를 아는 횡령(?)까지.
놀라운 재능을 가진 무림의 신성 이무쌍!

그가 친우(親友) 소운과 자신의 안락함을 위해 강호에 섰다!
가슴 따뜻한 무쌍의 인정 넘치는 이야기.
천부천하(天府天下)!

Book Publishing CHUNGEORAM

Dragon order of FLAME 폭염의 용제

김재한 판타지 장편 소설

「사이킥 위저드」, 「마검전생」의 작가 김재한!
그가 그려내는 새로운 액션 히어로가 찾아온다!

모든 것을 잃고 복수마저 실패했다.
최후의 일격마저 막강한 레드 드래곤 앞에서 무너지고,
죽음을 앞에 둔 그에게 찾아온 또 하나의 기회!

"네 운명에 도박을 걸겠다."

과거에서 다시 눈을 뜬 순간,
머릿속에 레드 드래곤의 영혼이 스며들었을 때,
붉은 화염을 지배하는 용제가 깨어난다!

강철보다 단단한 강체력을 몸에 두른
모든 용족을 다스리는 자, 루그 아스탈!

세상은 그를 '폭염의 용제'라 부른다!

Book Publishing CHUNGEORAM

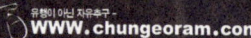

유행이 아닌 자유추구 -
WWW.chungeoram.com